# Providence

*Du même auteur*
*aux Éditions J'ai lu*

**BIG**

N° 4773

GABRIEL

N° 6074

OÙ JE SUIS

N° 7873

FERDINAND ET LES ICONOCLASTES

N° 7874

# Valérie
# Tong Cuong

## Providence

ROMAN

© Éditions Stock, 2008

*À Éric*

« Souffrons donc tout avec courage : car tout arrive, non pas comme on croit, par hasard, mais à son heure. »

Sénèque, *De la providence*

# Goodbye Marylou

— Ah, pas de ça dans mon taxi, ma petite dame. C'est peut-être vous qui nettoyez la merde après ?

J'ai senti le sandwich s'écraser entre mes doigts. Ça s'est bousculé à l'intérieur : réponds, Marylou, vas-y, dis-lui que tu as le droit de te nourrir, le droit qu'on te respecte, dis-lui que tu l'emmerdes ce connard, parce que tu l'emmerdes, hein ?

Depuis quelques minutes, la circulation avait cessé d'être fluide. Presque deux heures moins le quart. À ce rythme, je n'arriverais jamais à temps.

— Excusez-moi, monsieur, c'est normal ce ralentissement ?

Le type a soupiré, secouant son crâne dégarni.

— Ben voyons…

— Je veux dire, vous pensez qu'on y sera dans combien de temps ?

— J'suis médium ?

— Non, bien sûr. C'est parce que je suis très en retard.

Il a tapoté du doigt son volant.

— Comme tout le monde.

Un instant, j'ai pensé à ces phrases fantômes, ces reparties féroces, ces milliers de répliques jamais envoyées, demeurées suspendues, invisibles, ces griffes fières jamais sorties de mon corps.

Cette fois, nous étions à l'arrêt. Devant nous, un homme avait quitté son véhicule et observait l'embouteillage.

Le chauffeur a baissé sa vitre.

— Alors, c'est quoi ce bordel ?

— Je ne vois pas très bien, a répondu l'homme. Il semble que c'est un camion de livraison qui cherche à emprunter la rue piétonne, mais c'est bloqué au croisement. Il aura du mal à passer.

— Quartier de merde.

Le chauffeur a coupé son moteur. Autour de nous, les gaz d'échappement tremblaient dans le soleil. Treize heures cinquante. Mains moites, cœur serré, envie atroce d'aller aux toilettes. Moi non plus, je n'étais pas médium. Je voyais pourtant mon avenir immédiat sur écran géant. Monsieur Farkas sortirait comme un fou de son bureau dès qu'il m'apercevrait. Il m'arracherait le sac des mains, prendrait l'étage à témoin en hurlant « mais regardez ce veau, cette limande, cette huître molle, même pas foutue de faire des photocopies dans les temps ! ». Puis il attraperait les dossiers, jetterait rageusement le sac par terre et finirait de m'humilier avec une phrase du genre « ah, et faites quelque chose, Marylou, vous transpirez comme du beurre au soleil, c'est négligé, merci bien pour l'image de la boîte ! ».

Pas besoin d'être médium pour savoir que personne ne broncherait. Tous, ils baisseraient la tête, fouilleraient dans un tiroir, feraient mine d'être occupés au téléphone. Tellement contents de m'avoir pour paratonnerre.

Je ne leur en voudrais pas : je n'agirais pas autrement à leur place. Il y a longtemps que je me suis fait une raison, la classe des opprimés a sa propre hiérarchie. Moi, je suis tout en bas de l'échelle. « Mais sur l'échelle tout de même », a souligné monsieur Farkas l'unique fois où j'ai osé lui réclamer une augmentation en dix ans. « Vous rêvez Marylou, vous êtes dans quel monde ? Vous croyez faire partie des défavorisés ? Je vais vous dire, moi, avec le SMIC et vos allocs de mère célibataire, vous vous faites plus par mois qu'un ouvrier qualifié ! Attention, Marylou, je fous un coup de pied dans le mur et il y en a quinze comme vous qui tombent du plafond ! »

Il me fait peur, il me fait mal, il a raison, monsieur Farkas : je m'en sors bien. Il suffit de jeter un œil dehors. Ici, par exemple, le long de cette artère bouchée qui empeste la mort : ce clochard qui tient à peine debout, avec sa main en visière pour éviter le soleil. Il a peut-être cinq ou dix ans de plus que moi et pourtant on dirait un vieillard. Il est seul : s'il se laisse glisser c'est que personne ne s'intéresse à lui – et que lui ne s'intéresse à personne. C'est ma théorie : il suffit de se sentir responsable de quelqu'un pour s'en sortir. Démonstration : mon Paulo et moi. Monsieur Farkas peut toujours inventer de nouveaux mots pour m'injurier, m'envoyer un jour sur deux jeter le café que je viens d'apporter au prétexte qu'il est froid, ou trop fort, ou pas assez, je n'ai qu'à penser au sourire de Paulo pour l'oublier. Ou mieux, à sa dernière rédaction : décrivez une situation gênante dont vous avez été témoin. Mon Paulo a raconté l'après-midi où son professeur de français a fait la leçon devant l'inspecteur d'académie, un bout de salade collé aux incisives. Je lui ai dit : Paulo, tu vas au casse-pipe, trouve autre chose ! Non, il a répondu, je vois pas comment je trouverais un sujet aussi marrant, surtout s'il faut l'imaginer.

Le lendemain, le professeur lui a rendu sa copie en rougissant : quel toupet, Paulo ! Et lui a donné la meilleure note de la classe. Ça, c'est Paulo, mon paradis, ma botte secrète.

— On n'est pas sortis, je vous le dis.
J'ai sursauté. Le taxi n'avait pas avancé d'un centimètre. Le clochard, le soleil, les aiguilles de ma montre. Quinze qui tombent du plafond, Marylou.
— Je vais descendre ici.
— Eh ben voilà, a fait le chauffeur en se retournant. Ça m'aurait étonné, aussi. Et moi, je me mets la course où je pense, c'est ça ?

Un saint Christophe lumineux se balançait accroché au rétroviseur. Bien moins efficace qu'un Paulo, c'est sûr. J'ai ajouté dix euros à la somme affichée au compteur, payés de ma poche avec le sentiment confus et familier d'être à la fois lâche et idiote. Puis j'ai couru en zigzaguant parmi les voitures jusqu'à la bouche de métro. Le poids du sac me sciait l'épaule. Cinq dossiers de cent cinquante pages, plus les chemises d'annexes, j'aurais mieux fait de prendre un sac à dos – mais ça c'était typiquement le genre d'idée qui me venait trop tard à l'esprit.

Monsieur Farkas avait insisté pour que la réunion ait lieu dans nos locaux. Elle était prévue à quinze heures. Je ne connaissais rien du sujet, hormis l'ordre du jour sibyllin que j'avais tapé ce matin et la tension qui régnait dans les bureaux depuis deux jours, pire qu'à l'accoutumée. Des cadres chuchotaient en agitant des calculatrices ultra-sophistiquées. Monsieur Farkas faisait les cent pas en serrant les poings. Il déchirait les journaux sans même les avoir ouverts. Il faut dire qu'on y lisait souvent des critiques violentes, dans ces journaux. Monsieur Farkas y était traité de croque-mort, de profiteur, de vautour, ça le rendait fou. Sa société rachetait des entreprises au bord de la faillite, puis les relançait avant de les revendre avec un gros bénéfice. La rumeur disait qu'il gagnait beaucoup d'argent, des sommes énormes placées à l'étranger pour échapper à l'impôt. On parlait même de blanchiment, de mafia russe – et c'est vrai que des Russes, on en croisait souvent dans nos couloirs. Sans doute la raison pour laquelle, un matin de la semaine précédente, une petite femme aux cheveux gris coupés très court avait rendu visite à monsieur Farkas. Bien sûr, personne ne m'avait fourni la moindre explication, mais je n'étais pas si bête : la petite femme était escortée de deux policiers armés jusqu'aux dents et semblait d'une humeur massacrante. Durant tout le temps de sa visite, les policiers avaient surveillé l'étage en fronçant les sourcils, comme s'ils attendaient une attaque terroriste. Ils avaient réussi à me fiche la trouille, avec leurs doigts vissés sur les gâchettes. Puis la femme était repartie avec son escorte, l'air plus buté encore qu'en arrivant. Après les avoir raccompagnés jusqu'à l'ascenseur, monsieur Farkas avait appelé le directeur financier dans son bureau et l'avait pris par l'épaule avec une familiarité étonnante. De toute évidence, il était satisfait de sa journée.

Le couloir sentait la sueur et la poussière. J'ai entendu la rame arriver alors que je m'apprêtais à passer les barrières. Pensée pour Paulo, à qui je répète chaque jour de ne jamais courir pour attraper le métro. Mais Paulo, lui, ne travaille pas pour monsieur Farkas, et si je paie un étudiant de Polytechnique (j'ai bien dit, Polytechnique) deux fois par semaine pour lui faire répéter ses leçons, c'est justement pour qu'il puisse avoir une vie différente de la mienne. Donc, j'ai couru comme une folle avec mon sac qui battait cruellement la mesure sur mon omoplate, j'ai descendu les marches de l'escalier quatre à quatre tandis que la sonnerie retentissait et je me suis jetée tête la première dans le wagon au moment où les portes se refermaient.

— C'était moins une, a fait une dame assise sur le premier strapontin.
— Je sais, ai-je répondu.
— Quand même, c'est dangereux...
— Je voudrais pas perdre mon boulot.
— Je comprends, a-t-elle conclu les yeux dans le vague.

Je l'ai regardée de plus près. Quelque chose en elle me perturbait. J'ai essayé de chasser cette sensation, mais non, impossible. Soudain, j'ai su : cette dame me ressemblait. J'ai tourné la tête, observé les gens autour de moi : on se ressemblait tous. Nous n'avions peut-être pas les mêmes traits, le même sexe, la même couleur de peau ou de cheveux, mais la plupart d'entre nous avaient ce même regard usé, cette même façon de voûter les épaules et de relâcher le ventre : nous appartenions au même peuple, épuisés par les mêmes combats.

Tandis que la rame s'ébranlait, j'ai compté les stations pour évaluer le temps. Six stations, puis cinq minutes à pied, autant dire deux en courant. Tu seras à l'heure, Marylou. Ils les auront, leurs précieux dossiers, tellement précieux d'ailleurs qu'il t'a fallu traverser la moitié de la ville pour les faire copier dans un endroit « sûr » selon monsieur Farkas. Quelques kilomètres de plus à mon compteur personnel. Une goutte d'eau comparée au reste, une heure et demie aller, une heure et demie retour, chaque jour entre autobus, métro et RER. Pas question de te léguer ça mon Paulo. Tu auras les moyens de vivre, je te le promets.

Sa voix dans mon cœur, sa voix rauque, il a mué avant l'âge, mon garçon. Il dit : tu vois, maman, bientôt je serai fini, ce sera trop tard pour les câlins.

— Fini, Paulo ?
— Ben, je serai complètement grand, quoi.

Il se plaint de mes absences. Il préférerait que je sois au RMI et à la maison, dit-il, plutôt qu'au SMIC et au bagne. Ces mots-là dans son vocabulaire, à douze ans tout juste, je me demande si c'est bien normal.

— Et tes cours particuliers, Paulo, je les paie comment ?
— J'ai pas besoin de cours, j'ai la bosse des maths, c'est la prof qui l'a dit.

Le pire : il a raison. Il calcule drôlement bien. On dirait qu'il est né avec une calculatrice de série, ce petit gars. Du haut de son mètre trente-neuf, Paulo m'explique que les cours du polytechnicien, c'est moi qui en ai le plus besoin. À sa manière, bien sûr : il a le sens de la diplomatie.

— Ça me rassure que tu sois suivi.

— C'est bien ce que je voulais dire, maman.

Depuis qu'il est entré au collège, Paulo a changé. Il a toujours ses joues rondes, sa peau douce, c'est dans ses yeux que c'est différent. On dirait par moments qu'il plonge dans les êtres, les objets, qu'il s'y noie. Et l'instant suivant, hop, il fait une bonne blague. Parce qu'il a de l'esprit, mon Paulo. Il est capable de dérider un mort à toute heure du jour et de la nuit. Il balance entre deux mondes, la fantaisie et la raison, la rébellion et la sagesse. Il s'interroge. Il m'interroge. Lui aussi est fatigué. Son trajet pour l'école est à peine moins long que le mien, mais c'est pour la bonne cause : à côté de chez nous, il ne pouvait pas rester, c'était de l'assassinat légal. Ce sont les mots que la directrice a employés le jour où elle m'a convoquée. J'étais toute retournée ; elle ne m'a pas laissé le temps de réfléchir.

— Écoutez, je connais un excellent collège, le proviseur est un ami. Ça fera une trotte pour Paulo, mais ça vaut le coup, croyez-moi.

L'affaire s'était conclue en moins de cinq minutes. Je ne savais plus si je devais m'effondrer ou me réjouir : d'un côté, comme toujours, je n'avais rien choisi. La directrice avait décidé à ma place. De l'autre, quelqu'un m'aidait pour la première fois. Je bénéficiais d'un piston ! Un privilège, un passe-droit ! Ces trucs-là n'étaient pas du tout censés m'arriver, alors je n'allais pas me plaindre, non ?

Et Paulo, il fallait le voir, fier comme tout, les larmes aux yeux !

Le crissement de l'acier sur les rails. La brutalité du freinage m'a écrasée sur mon strapontin. Je dois rêver, c'est un complot ? La voix du conducteur résonne dans le wagon. « Mesdames et messieurs, suite à un accident voyageur, nous sommes contraints de rester à l'arrêt pour une durée indéterminée. »

D'accord. Cette fois, Marylou, c'est foutu. Il fallait que ça m'arrive aujourd'hui. À moi. Pourquoi ? « La réunion de l'année, a prévenu monsieur Farkas. Tout le monde à son poste, et pas un cheveu qui dépasse. » Il ne se contentera pas d'un savon, ça non. Il va me mettre à la porte illico, c'est aussi simple que ça. Je l'ai déjà vu à l'œuvre avec la comptable, le mois dernier. Il fera venir la directrice adjointe, une horrible bonne femme très belle, très grande, très maquillée, en charge du personnel. Il me poussera vers elle et lui dira : mise à pied immédiate, qu'elle se barre, je ne veux plus la voir cette connasse, et que j'entende pas le son de sa voix sinon on lui trouve une faute lourde et adieu les assedic.

J'avais si chaud. Ma respiration se bloquait. La tête me tournait. Tous ces rêves, ces projets pulvérisés. Le cinéma du samedi avec Paulo. Les vacances au bord de la mer cet été. L'inscription au judo.

— Ça ne va pas ? a demandé la dame en face.

Non, ça ne va pas, madame. J'ai l'impression que je vais mourir. Depuis dix ans je vis dans la terreur que ce jour survienne, et le voici : c'est maintenant que ça se passe, là, sous vos yeux. Dix ans passés à courber l'échine. Dix ans à fermer les écoutilles de neuf heures du matin à six heures du soir pour ne pas voir ni entendre ce que je suis devenue. Dix ans à s'endormir le soir en pensant, encore une journée de gagnée, Marylou. Je slalomais entre les obstacles. Je tenais l'équilibre. Et voilà : le faux pas. Un pied sur la zone de glissade, le début de la fin.

Dans le wagon, les gens commentaient la situation.

— Accident voyageur, c'est ce qu'ils disent quand quelqu'un est tombé sur les rails.

— Un suicidé, quoi. Franchement, faut être désespéré pour se foutre sous le métro.

— Moi une fois j'en ai eu un sur mon quai, j'ai cru que j'allais vomir. Y avait du sang jusque sur les affiches. C'était ignoble.

— Il paraît qu'il y en a deux par semaine, vous vous rendez compte !

La dame a sorti un paquet de chewing-gums et me l'a tendu.

— Prenez. Vous avez mauvaise mine.

J'ai décliné d'un mouvement de tête : l'angoisse m'avait coupé la langue.

— Si c'est pour votre travail que vous vous inquiétez, ils vous feront un mot au guichet.

Pas le courage de répondre. Partager mes malheurs, ça n'a jamais été mon truc.

— Faut voir les choses du bon côté, a insisté la dame. Moi, chaque fois que je suis ralentie par un accident, sur la route par exemple, je pense que j'ai de la chance, que ça pourrait être moi le corps écrabouillé sous la tôle froissée.

Par pitié, qu'elle se taise. Dans l'immeuble cossu, là-bas, près des quais, ils doivent prendre place dans la grande salle de réunion. À l'heure qu'il est, monsieur Farkas a déjà décidé de mon sort. Il passe ses nerfs sur Mélanie, la petite de l'accueil, qui a eu le tort de ne pas l'appeler pour le prévenir que les dossiers étaient arrivés : pour cause.

La rame s'est ébranlée avec lenteur. « Le trafic est interrompu jusqu'à nouvel ordre, a annoncé la voix du conducteur. Tout le monde descend à la prochaine station. » Pensée pour le suicidé. Pensée pour ce monde que je traverse depuis deux heures. Un embouteillage monstrueux, un sdf titubant, un chauffeur de taxi hargneux, un suicidé. Et bientôt, ma lettre de licenciement. Faut voir le bon côté des choses, a dit la dame. Je ne vois rien en dehors de Paulo, qui lui-même ne va bientôt plus voir en moi qu'une mère ratée, écornée, incapable de lui offrir ce qu'il mérite.

Nous étions à quai. La rame se vidait de ses derniers occupants ; l'espace d'un instant, j'ai eu envie de jeter les dossiers sous les roues. Suicidées, les fameuses informations ultra-confidentielles. En confettis, la réunion de l'année. Juste pour le plaisir.

— Au revoir et bon courage, a fait la dame.

En courant d'une traite, je pouvais être sur place vers quinze heures dix. Je n'avais plus pratiqué de sport depuis l'enfance, mais j'avais une bonne condition physique. De ce point de vue au moins, j'avais de la chance : j'étais née à une époque où les pauvres pouvaient prétendre à la santé. Mes parents me nourrissaient de fruits et de légumes achetés pour rien aux petits producteurs du marché et surveillaient mon hygiène comme le lait sur le feu. Je ne risquais ni l'obésité ni les caries à répétition. Je n'avais jamais fumé. J'étais solide, résistante, increvable, pas du genre à cracher mes poumons après cent mètres, même par temps caniculaire. Allez Marylou, fonce !

Dans la rue, mon passage perturbait les passants. D'où sortait cette fille, le visage trempé de sueur, qui courait comme si sa vie en dépendait ? Je courais parce qu'il le fallait. Parce que cela relevait encore de ma responsabilité. Je courais parce que c'était mon boulot de rapporter ces dossiers. Sachant ce qui m'attendait, d'autres auraient laissé tomber, auraient pris leur temps, se seraient arrêtés boire un verre d'eau – j'étais pratiquement déshydratée. Mais c'était plus fort que moi. « Trop bonne, trop conne », commente souvent Nadège, ma voisine de palier, avec qui je prends parfois un café quand Paulo n'est pas là. Elle a raison, c'est mon problème, j'en fais trop. Mais je suis trop vieille pour changer. D'ailleurs, pour quoi ? Pour qui ? Plutôt que d'être une autre personne, je préfère rétrécir mon champ d'action. C'est ma tactique pour limiter les abus. Je ne cherche pas à me faire d'amis. Ma seule famille, c'est Paulo, quant aux hommes c'est terminé depuis le départ de son père : on peut dire qu'il a fait office de vaccin. Sincèrement, amis, amants, mari, c'est non, sans façon. Tant qu'à porter seule sur mes épaules ma vie et celle de Paulo, je préfère éviter les spectateurs et rester concentrée.

Une crampe se formait au-dessous du nombril. Inutile de regarder ma montre, je touchais au but.

Paulo m'avait appris un truc enseigné par son prof de judo : isole ta douleur et fais-la disparaître. Trace un cercle imaginaire et enfermes-y tes souffrances.

J'étais arrivée devant l'immeuble. Dans une minute au plus, tout serait fini. Monsieur Farkas exploserait, puis tout s'arrêterait. Je n'aurais plus mal au ventre.

Quelques mètres, Marylou. Le hall luxueux, les plantes rares, le marbre italien, le concierge, l'ascenseur.

Les portes étaient grandes ouvertes. Je me suis engouffrée dans l'ascenseur et j'ai appuyé sur le bouton.

# Royal Albert Hall

Le dérèglement climatique est une sale affaire pour nous. Je veux dire, pour les plus de soixante-quinze ans. Cela dit, c'est une raison de plus pour accomplir la mission que je me suis assignée. Au rythme où notre cher système démolit la planète, la chaleur pourrait me tuer plus vite que mon cancer. Quoique. Quand Martin, mon médecin, m'a annoncé voici quelques mois l'étendue des dégâts, je dois avouer que j'ai pris un coup à l'estomac. Soixante-dix-huit ans dont plus de cinquante à parcourir le monde de long en large sans le moindre pépin. Même les rhumes, je peux les compter sur les doigts d'une main. Alors un cancer, pensez-vous.

J'étais présomptueux : à force d'être si bien traité par le destin, je m'étais imaginé que je mourrais de vieillesse dans mon lit, si possible dans mon sommeil, sans déranger personne à commencer par moi. Changement de programme, donc. Ce pauvre Martin avait la voix tremblante lorsqu'il m'a rendu ses conclusions. On ne se fréquente guère, et pour cause, mais je sais qu'il m'aime bien. À notre manière, nous nous ressemblons : deux solitaires, deux réfugiés volontaires fuyant les autres autant que nous-mêmes, lui dans ses salles d'opération, moi sur le sable des grands chantiers.

— Eh bien, Albert, enfin, comment dire, euh... Je vais être direct, oui, c'est sûrement mieux comme ça, non ? Surtout toi qui détestes les ambages, les détours, les périphrases... Alors, en fait, pour être clair...
— C'est le cancer ?
Quelque temps plus tôt, j'avais ressenti une douleur inconnue au niveau d'un testicule. En tâtant, j'avais senti une grosseur dure. Puis les troubles digestifs s'étaient multipliés. Je commençais à avoir ma petite idée sur la question. On avait fait les examens : confirmation. Cancer du testicule gauche. Jusque-là, pas d'affolement : tout le monde sait que ça s'opère très bien. Et puis les conséquences, à mon âge...
— Malheureusement, on a aussi des métastases au poumon, avait ajouté Martin en baissant la voix. La situation est...
Grave ? Assez. Assez comment ? Assez pour que tu entres demain matin à l'hôpital.
— Ah.
L'avantage d'avoir soixante-dix-huit ans, c'est que je n'ai ni réunion à annuler, ni contrat à décaler, ni actionnaire à rassurer. Et l'avantage d'être un vieux barbon, c'est que je n'ai pas grand monde à décevoir, ni même à prévenir. J'ai quand même passé un coup de fil à Dan. Nous nous voyons rarement, mais la famille, c'est la famille, hein ? Dan s'est montré gentil – ou poli, difficile à dire. Il tenait à m'aider. Proposition superflue : après soixante-dix-huit années à vivre seul, on est organisé.

J'ai pris ma décision après quelques jours de traitement, sans enthousiasme. Aussi loin que je m'en souvienne, je ne m'étais jamais senti proche de ma sœur. Enfant, elle était déjà cet être incapable de tendresse. Raide avec ma mère, méfiante avec mon père, distante avec moi. Jolie, aussi blonde que j'étais brun, la peau claire et les membres fins quand j'arborais une carrure de nageur, une peau mate et des traits épais. Et malgré son caractère épineux, choyée, entourée, adorée de mes parents tandis que je recevais une éducation faite pour l'essentiel de réprimandes et de sanctions.

À vingt-deux ans, elle avait épousé un type insupportable de fatuité et pourtant accueilli en héros – il avait apprivoisé la mégère, ce n'était pas rien. Je venais d'avoir vingt-sept ans et son apparition dans mon espace vital avait été pour moi le signal du départ.

— Je veux la vérité, Martin.

En clair, je veux savoir quand je vais crever. Ne joue pas au plus malin avec moi. Je veux l'estimation la plus précise possible. Pas d'« environ » pas d'« à peu près ». Parle-moi statistiques, Martin. Mouille-toi. Tu le sais, je suis un homme de chiffres.

Il a soupiré.

— On a fait au mieux, tu t'en doutes. Mais la maladie nous a pris de vitesse. Si on avait eu des signes plus tôt, mais là... Albert, comment te dire ça...

Moi je propose : appeler un chat un chat. C'est le mot métastase qui doit te rester en travers de la gorge, n'est-ce pas Martin. Ce mot-là, je n'ai jamais entendu personne le prononcer sans baisser la voix, médecins compris. Donc, pas besoin de circonvolutions, l'opération des couilles c'était l'*appetizer*, d'accord. Maintenant on arrive au plat de résistance. Alors vas-y, annonce.

— Quelques mois. Un an au plus, mais c'est la version optimiste.

Merde. Quand même, c'est court. Je me croyais plus fort. Mon ventre n'encaisse qu'à moitié la nouvelle et joue la corde à nœuds.

À quoi pense-t-on lorsqu'il reste un an pour faire fonctionner son cerveau, ses membres, son cœur ? Je peux vous le dire, puisque désormais je le sais. Passons la phase d'angoisse, de refus, de déni. Car bien sûr on s'affole, on s'arc-boute quelque temps – pas trop non plus. Donc, on pense à LA TRACE. On s'interroge : que vais-je laisser ? Que restera-t-il de moi ? de mon être ? de mon âme ? On pressent que la mémoire des autres peut au mieux vous faire vivre quelques années supplémentaires, une fois réduit en cendres et dispersé aux quatre vents. On ne se résout pas si facilement à disparaître de la carte du monde : alors on cherche à bâtir son petit monument personnel.

Je n'avais pas fondé de foyer. J'avais soigneusement brisé mes rares amours de crainte qu'elles ne me détruisent les premières. Mon énergie, je l'avais investie tout entière dans mes dessins d'architecte, puis dans mon entreprise. J'avais, disait-on, réussi : jusqu'à mon dernier souffle, je détesterai cette expression. La vérité, c'est que j'avais appris. J'avais visité plus de cent pays, étudié sept langues, lu des centaines de livres, rencontré des milliers de gens. Mais rien de tout cela n'avait jamais pu combler ce sentiment de trou béant au milieu de l'abdomen, qui me saisissait sans crier gare et me laissait au bord des larmes soir après soir. Mon nom s'étalait en lettres géantes sur le fronton d'un bâtiment à Paris, Washington, Madrid et Berlin. Il escaladait en néons bleus des gratte-ciel à Shanghai, Hong-Kong et Tokyo. J'étais connu, reconnu, estimé, respecté. On me présentait comme un érudit, un esprit libre, et même parfois un exemple. Je possédais plus de décorations qu'un ministre. En vain : le trou ne se refermait pas.

À peine mariée, ma sœur Clélia avait donné naissance à un garçon aussi beau et blond qu'elle. Dan, pour qui ma mère aussitôt avait fondu d'amour. Paix à son âme, cet amour-là m'a tant fait mal. On dit que le rôle de grand-parent autorise un autre point de vue ; ma mère fournit à son petit-fils en quelques années plus de douceur et d'attention qu'elle ne m'accorda de toute sa vie. Alors que je m'acharnais à décrocher les tableaux d'honneur pour mériter sa fierté, il suffisait à Dan d'exister pour être vénéré.

Verras-tu, maman, ce dernier geste que je te dédie aujourd'hui ? En ton nom je ferai leur bonheur. Dan, Clélia, et même son crétin de mari. Dans un peu moins de deux heures, leur vie sera bouleversée. Eux qui ont si mal déguisé leur jalousie et leur aigreur sableront le champagne et m'embrasseront comme s'ils m'avaient toujours aimé. Car le fruit de mon travail, de ma sueur versée durant cinquante ans, mes œuvres d'art, mes comptes en banque, mes meubles et mes immeubles, tout cela ira à Dan et Clélia, et pour une seule raison : c'est ce que tu aurais souhaité.

Si seulement la chaleur n'était pas si violente. J'avais projeté de marcher jusqu'à l'étude du notaire. Je voulais sentir mes articulations, laisser la plante de mes pieds s'écraser sur la semelle, compter mes pas, observer les grilles entourant les troncs d'arbre, faire voler les pigeons, lever les yeux pour dénicher quelque merveille architecturale au hasard d'une façade. Mais le soleil s'amusait à me dessécher les bronches. Pauvre Albert, où est passé ton corps d'athlète ? À soixante-dix-huit ans, tu prenais plaisir à multiplier tes séries quotidiennes d'abdominaux. Deux mois plus tard, te voilà essoufflé après vingt minutes de promenade.

Quelques mètres plus loin, un taxi attendait garé sur sa station. J'étais plutôt chanceux : à cette heure-ci, il est d'ordinaire impossible d'en trouver.

— Vous allez où ? a aboyé d'emblée le chauffeur alors que je m'installais. Je vous préviens, il y a des zones où je mettrai pas les roues, que ça vous plaise ou non.

Je l'ai crucifié du regard : inutile de dépenser sa salive, l'autorité n'exige aucune explication de texte.

— Je disais ça, c'était façon de parler, a repris l'homme, une pointe d'inquiétude dans la voix. C'est que depuis ce matin, avec cette chaleur et ces embouteillages, je n'ai que des emmerdements.

Un saint Christophe clignotant, particulièrement laid, se balançait accroché au rétroviseur. J'ai donné l'adresse du notaire.

— C'est parti, a fait le chauffeur en démarrant la voiture.

Ce qui a été le plus douloureux, au bout du compte, c'est l'après-Dan. À chacune de nos conversations téléphoniques, tu te lamentais : « Ta sœur pourrait me faire une petite-fille ! Toutes mes amies croulent sous les petits-enfants et moi, je n'ai que Dan. Dieu, mais quand se décidera-t-elle ? »
Jamais tu n'as supposé que je pourrais moi aussi te donner ce bonheur. Une ou deux fois, vaguement, tu t'es étonnée que je demeure célibataire, sans plus. Il est vrai que je ne fournissais guère de raison d'espérer quoi que ce soit. Quand même : cette indifférence naïve m'a tordu le cœur. Depuis que le monde est monde, et si j'en crois mes lectures et mes aventures, les mères n'empruntent que deux voies avec leurs garçons : la fusion, dans laquelle elles les chérissent jusqu'à l'étouffement, ou l'abnégation, dans laquelle elles les servent sans limites. Pourquoi a-t-il fallu que je fasse exception à la règle ?

À mesure que l'on roulait, la circulation s'allégeait : dans les quartiers chics, le peuple ne s'aventure pas et les ralentissements sont rares. À ce train-là, je serais en avance d'une bonne demi-heure. Or lorsqu'il reste un an à vivre, on ne gâche pas une demi-heure à feuilleter un journal économique périmé dans la salle d'attente d'un notaire.
— Conduisez-moi chez L'Adorée, nous allons faire une pause.
— Où ça ?

— Le salon de thé en haut de l'avenue.

Entre les décalages horaires, les réunions interminables, les *conference call*, les préouvertures des Bourses, les conseils d'administration et les visites de chantiers, mon corps avait renoncé aux joies simples. Exemple, déguster une pâtisserie arrosée d'un verre de champagne.

Le chauffeur m'a laissé devant la porte de fer forgé. À l'intérieur, une dizaine de personnes attendaient d'être servies en dévorant des yeux la vitrine. Framboise sauvage, chocolat amer, rose, pistache, cent variétés s'offraient à la gourmandise. Allons Albert, fais preuve d'originalité pour une fois : lorsqu'il reste peu de temps devant soi, on s'expose, on explore !

— Pour vous, monsieur, ce sera ?
— Un macaron à la violette.

La jeune vendeuse m'a remis mon trophée.

— Et pour madame ?

Derrière moi, une femme en tailleur, cheveux tirés en chignon, collier de brillants, traits mûrs, souriait de gourmandise.

— Violette, quelle bonne idée : je n'y aurais jamais pensé.
— Je regrette, ce monsieur a pris le dernier.
— Ah, a soupiré la femme. Pour une fois que je me lançais...

Je lui ai tendu le macaron.

— La violette convient mieux à une dame. Je prendrai un opéra, mademoiselle.


Je me suis assis près de la fenêtre. Dehors, le chauffeur attendait adossé à son taxi, la mine toujours renfrognée. La dame a quitté le salon de thé avec un geste joyeux de reconnaissance. Je l'ai aperçue qui jetait le papier d'emballage dans une poubelle et mordait à pleines dents dans le macaron. Puis elle a disparu au coin de la rue.

Goût du chocolat. Son du champagne pétillant dans la flûte. C'est le baptême de Clélia, je n'ai que cinq ans. Maman a décoré la maison comme un château de conte de fées : l'escalier est couvert de lierre et de lis blancs ; des lumignons inondent le jardin d'une lumière magique et le berceau de ma sœur trône sur un tapis de duvet d'oie immaculé, tandis que du plafond dégringolent des guirlandes de fleurs de soie fabriquées avec soin par mes tantes.

Il y a de la fébrilité, des cris de joie, des chansons. Dans la liesse générale, personne ne se préoccupe plus de moi. Affreusement seul, je dévore la moitié de la pièce montée avant de m'évanouir et de vomir, inconscient, la tête sous le berceau.

— Autre chose, monsieur ?
— L'addition, merci.

Je suis remonté dans le taxi. Le chauffeur écoutait la station d'info. « Dramatique explosion dans un immeuble du bord de Seine, scandait le journaliste. On ignore encore le nombre exact des victimes. Les équipes de secours sont sur place, ainsi que la police qui procède aux premières investigations pour déterminer la cause du sinistre. »
— On est bien barrés, a commenté le chauffeur. Encore un coup des Arabes.
« Beaucoup plus de chance pour cet homme dans le métro parisien, a poursuivi la voix. Alors

qu'il s'était jeté sur les rails, il s'en sort avec de simples fractures. »

— Pff. Il avait qu'à se tirer une balle, y risquait pas le miracle, je vous le garantis.

« Météo : des orages pourraient éclater en fin de journée, accompagnés de fortes pluies. »

— Déposez-moi ici, ai-je ordonné au chauffeur avant qu'il ait le temps d'ajouter une nouvelle et subtile observation.

Un vent léger s'était levé, qui rendait l'air respirable. J'ai terminé le trajet à pied sans difficulté, heureux d'être un peu seul. La rue était calme, ombragée par des arbres centenaires et bordée d'immeubles cossus ; la vie ici devait être désespérante de tranquillité, animée au mieux par le passage d'écoliers bien élevés se chamaillant pour un goûter, ou par les jappements de ces chiens miniatures qui plaisaient tant au quatrième âge nanti. Le cadre parfait pour une étude de notaire, en somme.

Je n'ai pas eu besoin de sonner là-bas : la porte était entrouverte. À l'intérieur régnait une activité intense qui contrastait avec le désert de la rue. Des clercs passaient en hâte, le regard rivé sur la pointe de leurs chaussures et les bras chargés de dossiers dans un silence étrange. L'épaisseur des moquettes, les tentures murales, la discrétion des sonneries de téléphone, tout semblait avoir été calculé pour éviter le moindre bruit. Je me suis senti soudain mal à l'aise.

— Patientez au salon, a suggéré une des filles de l'accueil. Maître Jambert a quelques minutes de retard.

Je me suis dirigé vers la double porte blanche. Au moment où j'allais la pousser, j'ai entendu la voix aiguë de Clélia.

— Dommage que papa et maman ne soient plus de ce monde, disait-elle. Ça leur aurait fait chaud au cœur.

Se pouvait-il qu'elle et moi partagions finalement un point de vue ?

— Ne vends pas la peau de l'ours avant de l'avoir tué, a fait la voix de Dan. On n'est sûrs de rien.

— Pourquoi veux-tu qu'il nous ait convoqués ici. De toute façon, il n'a que nous.

— Nous n'avons jamais été proches, a repris Dan. En particulier vous deux.

— Et pour cause, a répondu Clélia.

— Quoi qu'il en soit, c'est Noël avant l'heure, est soudain intervenu mon beau-frère avec sa voix de fausset. Tu imagines un peu ? Si tes parents en avaient pris un autre. Le berceau d'à côté.

J'ai reculé d'un pas. Un instinct. Mais un pas de plus ou de moins ne changeait rien. J'entendais à la perfection.

— Moi je connais des gens, a fait Dan, le gosse qu'on leur a refilé, ils se sont aperçus deux mois après qu'il était trisomique. Heureusement, c'était à l'étranger : ils ont pu le ramener. C'est terrible à dire, mais, ne soyons pas hypocrites, j'aurais fait pareil à leur place.

Ça se comprimait dans ma poitrine. Inspire, Albert.

Regards de ma mère. Ma mère ?

Retour sur des phrases oubliées. « Tu ne connais pas ta chance », « Il y en a qui manquent de reconnaissance ».

Le vide au milieu du ventre.

Peu de gens apprennent deux fois dans une même vie la disparition de leurs parents. Voilà, c'est fait.

Inspire encore, Albert. Tu ne vas pas crever maintenant, non ? Tu as sûrement mieux à faire, mon gars. Il y a dix minutes, tu te sentais seul au monde ; désormais, tu sais que tu l'es. Les paramètres viennent de changer.

— Bon, a fait le beau-frère, qu'est-ce qu'il fout, Santa Claus ? Il veut faire durer le suspense ou quoi ?

Je suis entré.
— Bonjour tout le monde. Je suis bien content de vous voir.

# Dear Prudence

Soudain, mon ventre a émis un drôle de bruit. Métallique et fuyant. De la musique, aurait soutenu mon grand-père, incapable de s'exprimer autrement qu'en poésie. À tout, il avait explication ou interprétation. Sans arrogance ni certitude exagérée. Lorsque je m'étonnais de sa sagacité et de ses connaissances, il jurait n'être rien qu'un passeur, un porte-voix. Sans mérite selon lui, puisqu'il tenait son savoir de ses parents, eux-mêmes l'ayant reçu des leurs et ainsi de suite.

La chaîne vertueuse, hélas, s'était brisée avec moi : je n'avais réponse à rien. Je m'épuisais en doutes et en appréhensions. À force d'analyser le monde, de traquer la moindre erreur, de démasquer les faux-semblants, j'avais perdu confiance en tout à commencer par moi-même.

Et ce n'était pas Clara Prot qui y changerait quoi que ce soit. Une fois par mois au moins, elle trouvait le moyen de me décourager : « Que veux-tu, ma chère Prudence, si cela ne tenait qu'à moi, je te laisserais prendre la tête sur ce dossier, mais enfin, enfin… Tu sais bien… »

Elle me suppliait d'être compréhensive. Plaidait qu'elle finirait par m'imposer – comme si elle rendait compte à une instance supérieure alors qu'elle était la patronne, la boss, la présidente-directrice générale, mais passons sur ce bijou de mauvaise foi.

Je travaillais depuis sept ans dans le cabinet : assez pour me faire une raison. D'ailleurs, pour être honnête, Clara n'était pas responsable : mon renoncement remontait beaucoup plus loin encore, à l'époque du collège.

Avant, oh, avant : c'était autre chose. Une vie brodée de gaieté et d'amour. Des évidences naïves, des amitiés pures, des jours sereins. Chaque fin de journée, une bande de petites filles s'asseyait avec moi aux pieds de mon grand-père pour écouter ses histoires pleines de sentiments nobles, de natures bienveillantes, de savanes mystérieuses et d'enfants courageux. Chaque soir, lorsque les murmures des adultes tressaient leur musique douce, je m'endormais avec délices, pressée de m'enfoncer dans la nuit. « Princesse Prudence rime avec chance et providence », chuchotait mon grand-père, caressant mes cheveux.

Pourquoi m'avoir caché la vérité ? Pourquoi avoir permis que je rêve ainsi ?

Le jour de mes onze ans, le monde s'est obscurci. Tu es mort. Je trouvais cela inadmissible. Apparemment, j'étais la seule : tes amis, ta propre famille considéraient normale ta disparition au prétexte que tu avais dépassé les quatre-vingt-cinq ans. Tu avais bien vécu. Tu ne craignais pas de partir. Tu étais même un sacré veinard, d'après eux : mourir comme ça, d'un coup, sans souffrir, que demander de plus ?

Tu parles. Moi je sais bien que tu ne comptais pas me lâcher de sitôt. Pas ton genre de me laisser aux mains du destin aussi vite, sans prévenir en plus. La mort t'a pris par surprise, et tout ce que j'espère, c'est que tu as eu le temps de lui faire une de ces belles grimaces dont tu avais le secret et qui me faisaient tant rire.

On a quitté Dakar. Maman avait beau faire semblant avec les autres, elle avait le cœur trop lourd pour marcher dans tes pas, boire dans ta petite chope de verre, arroser ton jardin. Elle n'en pouvait plus de chercher ton reflet dans le miroir accroché au-dessus du canapé vert. On se serrait l'une contre l'autre, on déguisait nos larmes. Ça ne pouvait plus durer : elle a décidé de partir et mes ennuis ont commencé.

— Tiens, tes copies, a balancé Victoire en même temps que les contrats.

J'ai passé un doigt rapide sur les chemises orange.

— Et les annexes ?

— Les annexes ? a fait l'hypocrite. Désolée, j'ai pas le temps de gérer. Clara sera là d'une minute à l'autre ; elle m'a demandé de lui sortir le contrat Realprom.

Elle s'est baissée et a gratté son talon aiguille.

— Merde, j'ai encore attrapé un chewing-gum. Putains de nazes qui savent pas utiliser les poubelles.

Elle était aussi belle que conne et mal élevée. Or elle était exceptionnellement belle, il faut l'avouer. Et puis, Victoire : ça, c'est du prénom conquérant. Ça autorise toutes les audaces, ça vous pousse vers l'impossible ; ça ne vous comprime pas comme un pauvre petit Prudence.

— Victoire et Prudence, avouez que je suis sacrément bodyguardée entre vous deux, plaisantait Clara.

Elle aimait s'encanailler avec des termes qui lui allaient aussi bien qu'une paire de santiags à la reine d'Angleterre. Ses réflexions étaient parfois si appuyées que je me demandais même si mon recrutement n'avait pas partie liée avec mon prénom. Pourquoi pas : après tout, il était déjà assez clair qu'elle m'avait embauchée pour flatter son ego.

— Moi, je sais ce que tu vaux, Prudence, mais franchement, hein, franchement, avoue que j'ai pris un risque : on peut se dire les choses, non ? Tout le monde n'est pas comme moi, Prudence. Tu en as vu beaucoup chez nos concurrents, des gens de couleur ? À un poste de direction générale, en plus ? Eh bien, je suis comme ça, moi. Je me fous des intolérants. J'emmerde les racistes.

Beaucoup à ma place seraient sortis de leurs gonds, auraient crié au scandale et agité des menaces. Pas moi. La faute à ce prénom, sans doute. Je préférais assurer mes arrières. Vivre avec, regarder ailleurs, faire comme si je n'avais rien entendu, continuer à sourire. Pour oublier ma lâcheté, je jouais avec mes cartes de visite. J'étais quelqu'un, tout de même. Grand-père, si tu avais vu ça. Mon bureau, ancré sur l'avenue la plus chic de la ville. Immeuble avec jardin privé, guichet d'accueil en teck et hôtesse habillée en tailleur de marque. J'ai un agenda recouvert de cuir et gravé à mes initiales. J'écris sur un sous-main avec un stylo Dupont offert par Clara Prot après l'affaire Dilleman (le tiers du chiffre d'affaires trimestriel du cabinet et une bonne vingtaine de nuits blanches à mon actif). Je m'habille sur mesure.

— Au fait, je t'ai pas dit ? J'ai trouvé mes chaussures. Des Manolo Blahnik, je les ai repérées dans le *Vogue*. Je te jure, elles sont tellement sublimes que j'hésite à les prendre, on va finir par ne regarder que mes pieds...

Victoire se marie l'été prochain : c'est son principal sujet de conversation. Du matin au soir, dès qu'une occasion se profile, elle me parle de sa robe, de son traiteur, de son fleuriste, de son voyage de noces, de son *wedding planner*. Plus rarement, de son fiancé que je croise parfois lorsqu'il vient la chercher, un trader au visage de mannequin, bref, un type beau, riche, bien né, le complément parfait de Victoire – par conséquent, un connard aussi, y a pas de raison.

Oh là là, attention, Prudence : tu t'emportes, ça commence à ressembler à de l'aigreur. Et en même temps, tiens, peut-être bien que c'en est. Je n'ai pas de trader dans ma vie, moi. D'ailleurs je n'ai pas d'homme du tout. Je n'ai pas le temps. Pas la place. Où et quand pourrais-je en rencontrer ?

Je ne me plains pas : pour les bons moments, je maintiens le minimum vital grâce à mes cousins de banlieue. C'est drôle, à nous tous on fait le tour du périphérique. Si bien répartis qu'on a fini par s'attribuer des noms de porte : je suis Passy, la mieux lotie du groupe. Deux fois par mois, donc, on se réunit, on mange, on boit, on fait le point sur nos vies. Rarement sur la mienne : j'arrive toujours trop tard, alors je prends les conversations en route. La dernière fois pourtant, Orléans, qui vient d'avoir vingt ans et suit des cours de comédie, a trouvé bon de s'intéresser à moi.

— Y en a marre que tu sois toujours en retard. Tout ça pour quoi ? Ou plutôt pour qui ? Ça te fait pas chier de faire le soutier pendant que les autres récupèrent ton boulot ? C'est du pur esclavage moderne, ton truc ! Fais-lui son ménage, tant que tu y es, à ta Clara !

Une vraie syndicaliste : l'attitude, la hargne, le verbe, tout.

— C'est facile d'être idéaliste à ton âge, ai-je répondu.

— C'est surtout facile de s'en sortir avec des poncifs. Au fait, tu comptes attendre l'âge de la retraite pour commencer à exister ?

— Reconnais que tu fous ta vie en l'air, a ajouté Italie, ma cousine préférée. Une jolie fille comme toi, quel gâchis.

— Ho, calmez-vous, est intervenu Bagnolet, plutôt beau gosse et expert-comptable dans une grosse société. Prudence bosse dur, regarde où elle est arrivée.

— C'est bien ce que je disais, a murmuré Orléans.

Les larmes me piquaient les yeux. Dieu sait que ça fait longtemps pourtant que j'ai appris à contrôler mon système lacrymal. Elle était si vive, si pleine d'espoir. Innocente. Après tout, ce n'était pas à moi de la fracasser. La vie s'en chargerait tôt ou tard.

— Chacun voit midi à sa porte, ai-je conclu.

Et j'ai vidé mon verre d'une traite.

Victoire a tourné les (hauts) talons. Comment fait-elle pour marcher avec ça et surtout, avec une aisance pareille ? Si elle n'avait pas fait gonfler ses lèvres et roulait moins des fesses, elle aurait presque l'air d'un ange. Dommage, le détail tue : en fait d'ange, elle a l'air d'une vulgaire allumeuse, et je suis polie.

Retour au dossier. Mon ventre a de nouveau gémi, réclamant autre chose que le bol de céréales du matin. Un coup d'œil à ma montre : trop tard pour envisager quoi que ce soit. Clara allait débouler dans la demi-heure, et je n'avais pas terminé mes conclusions.

— Ah, au fait, Prudence, j'ai complètement oublié, quelle idiote.

Victoire rebroussait chemin, balayant ses cheveux lisses d'un mouvement ridicule, très série Z. Ennuyée.

— Dépêche-toi s'il te plaît, je suis en retard.
— C'est Clara. Elle a appelé ce matin pour te prévenir, mais tu étais en ligne alors j'ai pris le message. Il y a un problème, le type qui promène Bob est malade.
— Et en quoi ça me concerne ?
— Elle a demandé si, enfin, euh, exceptionnellement, tu pouvais t'en charger.

Respiration, Prudence. Calme.
— J'ai dû mal comprendre.
— Seulement pour cet après-midi. Tu sais que Bob a un problème : il doit courir une heure chaque jour.
— Victoire, arrête-moi si je me trompe : j'ai bien fait huit ans d'études ?
— Bien sûr, c'est pas la question.

— Attends, une chose encore. Je suis – dis-moi si je fais erreur – directrice générale de ce cabinet ?

— Oui, Prudence, mais écoute...

— Alors, dans ce cas, pourquoi Clara me demanderait-elle de sortir Bob ?

— Tu penses bien qu'elle a envisagé toutes les possibilités, elle était vraiment embêtée, je t'assure.

— D'accord. Donc, à toi qui, je le rappelle gentiment, est une simple chargée d'affaires, elle ne l'a pas proposé. Ni au gardien de l'immeuble. Ni à sa mère, son frère, sa meilleure amie. Ni à la mère, au frère ou au meilleur ami de Bob, merde !

La blondissime blêmit. Je laisse passer quelques secondes de silence, besoin d'encaisser.

— Quelque chose m'échappe, Victoire.

Elle se tait. Réfléchit. Ça pédale dans sa tête, elle sait trier des informations, faire des synthèses, des comptes rendus, mais là, elle est dépassée, elle perd pied.

— Ben...

Son visage s'éclaire.

— C'est sûrement parce qu'elle te fait confiance.

Je la sonde. J'aimerais être un micro-organisme en balade dans son cerveau, profiter de l'ébullition pour étudier la chose. Allez Victoire, un petit effort.

— Je veux dire... Oh, et puis tu lui poseras la question en direct. Après tout, elle sera là dans un instant.

Elle s'enfuit vers la porte. Se félicite intérieurement, soulagée. Elle a trouvé la solution : retour à l'envoyeur. L'affaire est dans le sac, aucun dégât à prévoir. Elle et moi le savons : Prudence, par prudence, ne posera aucune question. Et quand bien même, que répondrait Clara ?

« Voyons Prudence, pas de parano s'il te plaît, je te demande un service de confiance, c'est simple, tu sais combien Bob compte, pauvre Bob, sans exercice il court à l'infarctus, si je le pouvais je le sortirais moi-même, mais impossible, cet après-midi je serai à la réunion Realprom, je défendrai TON dossier Prudence, je soutiendrai TES arguments, je développerai TA démonstration ! »

À onze ans des événements étranges surviennent. Le corps change, le postérieur des filles s'arrondit – sauf chez les Victoire et assimilées, qui ne prennent de formes que le strict nécessaire. Les seins poussent, pas toujours les deux en même temps. Les garçons se sentent investis d'un pouvoir sans limite. Ils sont plus petits, mais plus forts et mieux organisés. Ils savent repérer les fragiles, les blessées, les timides. Leurs hormones se mettent à hurler et le bruit qu'elles font couvre les plaintes des filles.

À onze ans les garçons se transforment en monstres. Pas tous, mais les autres on ne les compte pas, à quoi bon : ceux-là sont ailleurs, la tête dans leurs univers particuliers. Ou bien ils sont faibles, et au mieux ils se taisent, au pire ils suivent et ils regardent. À onze ans, le concept de preux chevalier disparaît après des années d'existence glorieuse, pour ne réapparaître – éventuellement – qu'au moment du lycée.

Face au renversement du monde, des alliances se forment. Certaines filles adoptent des stratégies. Quelques-unes se disputent la place de femme du chef, d'autres échangent leur corps tout neuf contre la promesse muette et vaine d'être aimée. La plupart se groupent en petites bandes serrées, à l'intérieur desquelles les passions se déchaînent et les trahisons se multiplient.

J'arrive au collège à onze ans, et c'est comme si le ciel se couvrait subitement. Je suis la seule enfant noire de l'école. On me donne des surnoms, on plaisante parfois sur mon passage, mais principalement on m'ignore. Je ne suis plus Princesse Prudence, je ne suis pas non plus une collégienne comme une autre, je suis le chaînon bizarre de ma classe. Les autres filles sont habillées avec des robes qui coûtent le prix d'un vélo. Elles se maquillent entre deux cours et s'invitent à des fêtes auxquelles je ne suis jamais conviée. Elles ont des histoires d'amour compliquées qu'elles détaillent sans complexe. Elles partent deux par deux à la sortie des cours. Je reste seule. Je le vois bien, je ne suis pas à la hauteur.

Un matin, l'une d'elles vient me voir à la récréation.

— Prudence, il faut qu'on parle.
— Oui ?

C'est la plus populaire de l'école. La plus délurée. Elle s'appelle Laurie, porte des pantalons larges et des serre-tête en strass. C'est la reine de la classe, une personne importante. À moi, elle adresse rarement la parole. Je suis trop différente pour intégrer son groupe. Indéchiffrable. « Avec sa coupe à la Jackson Five, ça le fera jamais » : elle a lâché ça en riant un jour où j'étais juste à côté d'elle. L'avantage quand on ne compte pour personne, c'est qu'on passe inaperçu partout et qu'on entend un tas de trucs qui ne nous sont pas destinés.

Laurie ménage son effet.

— Tu vois, Antonin...

Antonin est dans la catégorie des faibles-mais-gentils qui se taisent. Il est en cinquième. Je le trouve très beau parce qu'il a des taches de rousseur et les taches de rousseur, ça me fascine. De plus Antonin a de bonnes notes, ce qui constitue à mes yeux un critère essentiel. Mais bon, associer Antonin à mon prénom, c'est de la science-fiction.

— Oui ?

J'ai beau me raisonner, me menacer en silence, m'injurier même, mon cœur stupide bat soudain à deux mille à l'heure. Le regard de Laurie se promène sur ma jupe en velours.

— Il t'aime bien.

Quoi ? Attends Laurie, vas-y doucement, on peut faire un arrêt cardiaque à onze ans, non ?

— Qui t'a dit ça ?

— D'après toi ?

J'ai tellement chaud que je pourrais m'évanouir, mais je me concentre, je mets toutes mes forces dans la bataille. Tenir le coup, prendre l'air dégagé. Alors je n'ai pas rêvé, hier encore, lorsque j'ai croisé son regard ?

— Il veut bien sortir avec toi.

— C'est oui, je suis d'accord.

Il faudrait être cinglée pour dire non ! La main d'Antonin dans la mienne. On ira au Photomaton, joue contre joue, si ça se trouve ses taches de rousseur feront décalcomanies sur ma peau. Je repartirai avec lui de l'école. Il m'expliquera les maths. Je deviendrai la meilleure de la classe et ce sera grâce à lui. Ce sera le premier et le dernier, la plus belle histoire du collège. Antonin et Prudence, Prudence et Antonin.

— T'emballe pas trop, reprend Laurie. Il veut bien sortir avec toi mais il y a des conditions.

— Ah bon ?

Je peux même lui donner mon stylo plume plaqué argent, c'est ce que j'ai de plus précieux. De toute façon, ce qui est à moi est à lui, c'est ma conception du couple.

— Voilà : primo, tu lui laisses toucher tes seins et ton truc. Deuxio, faut que ça reste secret.

Les bruits de la cour de récréation s'éteignent d'un seul coup. Je n'entends plus que mon sang qui fracasse mes tempes.

— Ce qui veut dire, poursuit Laurie : pas question de montrer quoi que ce soit en public. Tu fais comme avant, tu ne changes rien. Il veut pas qu'on vous voie ensemble. Officiellement, y a rien du tout entre vous. Hé, Prudence, tu m'entends ?

Des feux d'artifice éclatent dans mes yeux, blanc, vert, jaune. Noir. Toute molle, la Prudence. Laurie se précipite pour me retenir au moment où mes pieds démissionnent. D'une main, elle me maintient contre le mur, de l'autre elle me donne de petites tapes. Pas du genre à perdre son sang-froid. Elle n'a pas l'intention de laisser un surveillant se mêler de ça.

— Écoute, conclut-elle, j'ai l'impression que la proposition ne te convient pas. Moi, je faisais ça pour te rendre service, si ça t'intéresse pas tant pis. Mais si tu veux mon conseil, réfléchis quand même. Il y a pas mal de filles qui aimeraient bien sortir avec lui.

La sonnerie rebondit d'un mur à l'autre. C'est l'heure du cours de français.

— Faut y aller, Prudence.

Victoire a disparu mais derrière elle l'effluve de son parfum a envahi la pièce. J'ouvre la fenêtre, au diable la climatisation. L'air entre, s'infiltre partout, nettoie mon bureau de Victoire, la supprime, l'efface. Cela ne suffit pas. J'ai la nausée. Mon regard ne se détache plus de la couverture orange des dossiers. Mon cerveau s'enraye, je n'ai plus qu'un seul mot en tête, qui aboie, me lèche, me mord : chien. Je me lève et marche jusqu'au mur. Au-dessus de la cheminée désaffectée, un miroir ancien acheté par Clara. Je m'approche. Me penche. Songe aux remarques d'Italie. Suis-je belle, vraiment ? J'ai tressé mes cheveux plus serrés que d'habitude et les ai ramenés en chignon pour lutter contre la chaleur. Suis-je folle ? Je renifle, l'odeur se modifie. Elle me fait peur. Je me fais peur. Referme la fenêtre ; l'odeur se développe, m'entoure, s'épaissit : ce n'est plus le parfum de Victoire, c'est la puanteur du renoncement. Je pue la lâcheté. Comment n'ai-je pas senti cela plus tôt ? J'ai honte. Honte pour ceux qui ont cru en moi, pour ceux qui ont cru m'aimer. Honte pour ma mère, pour mon grand-père. Honte pour les enfants que je n'aurai jamais, je le jure.

Je range les dossiers en pile. Il me reste une courte synthèse à écrire, mais désormais je m'en fous, Clara prendra ce qu'il y a. Elle s'agacera, menacera de réduire mon bonus. Très bien. Que vais-je consigner dans ma lettre de démission ? Trois fois rien : l'essentiel. Le surplus. Bob. Quelques phrases à rédiger, que je lui remettrai en mains propres puisqu'elle doit passer prendre les dossiers. Ça m'évitera la file d'attente de la poste. Comment réagira-t-elle ? Probablement en haussant les épaules. Ne te fais pas d'illusion, Prudence. Elle n'apprendra rien puisqu'elle sait déjà tout.

Ma seule consolation, c'est qu'elle me regrettera : d'un certain point de vue, je suis irremplaçable.

Je refermais mon agenda lorsque le téléphone a sonné. J'ai décroché par réflexe.

— Prudence ?
— Clara, c'est toi ?

Je la reconnaissais à peine. Sa diction était mauvaise, comme si elle avait un bâillon dans la bouche.

— Prudence, il s'est passé une chose affreuse.

Ah. Bob est passé sous un camion ? Tu t'es cassé un ongle ? Tu as perdu tes lunettes de soleil, tu as oublié ta carte bancaire dans le distributeur, tu es TRÈS en retard, alors tu m'appelles pour qu'on (que je) t'apporte les dossiers sur le lieu de la réunion ?

Pauvre Clara, qui court à la déception.

— Prudence, tu m'entends ? J'ai du mal à parler.
— Je t'écoute Clara.
— Je suis à l'hôpital.
— Pardon ?
— À l'hô-pi-tal ! fait-elle en s'énervant. Je fais une ÉNORME allergie. C'est monstrueux ! J'ai triplé de volume et je suis couverte de plaques rouges.
— Une allergie à quoi ?
— À la violette, enfin il paraît, ça ne peut être que ça. J'ai pris un macaron chez L'Adorée, quelle initiative idiote, bref, peu importe : je ressemble à un monstre, mon Dieu !
— Je suis navrée.

— Ça va, Prudence, je ne t'appelle pas pour me faire plaindre, articule-t-elle avec difficulté. Le problème, c'est que je ne pourrai pas tenir la réunion Realprom. Tu dois y aller à ma place.

La stupéfaction me laisse sans voix.

— Prudence, tu es là ? Ne t'inquiète pas, voyons, je suis sûre que tu t'en sortiras très bien.

Elle me parle comme une mère à son enfant qui prendrait seul un bus pour la première fois.

— Tu expliqueras la situation à Versini. Tu lui diras que je serai sur pied ce soir. Que je suis joignable sur mon portable.

Mes pensées percutent mon cerveau à la vitesse d'une balle de squash. La situation vient de changer radicalement, Prudence. Implante les données et reconfigure en vitesse. Il semblerait que le moment est venu.

— Prudence, dis quelque chose ? Il FAUT tenir cette réunion. Il y a un problème ?

Penser vite. Faire les comptes.

— Aucun problème. Juste un détail à régler avec toi, Clara.


Je croise Antonin au moment d'entrer en cours. Il m'arrête d'un geste. S'assure que nous sommes seuls. Disons, que les personnes importantes du collège ne sont pas là, ni Laurie, ni Stan, son équivalent masculin, ni aucun membre de leurs gardes rapprochées. Sa mèche tombe sur son œil gauche : il ressemble à un garçon d'une série américaine que regardait ma mère avant qu'on déménage. Qu'est-ce qu'il est beau. Je me sens toute petite à côté de lui. Toute sombre. Je comprends qu'il n'ait pas envie de s'afficher avec moi. Des tas de filles lui conviendraient mieux. Des filles aux yeux clairs et aux cheveux raides, pas une moricaude avec une coupe à la Jackson Five.

— Laurie t'a parlé ? chuchote-t-il.

N'empêche, les blondes doivent manquer d'arguments, la preuve. C'est ma réponse qu'Antonin attend.

— Bon, tant pis, fait-il d'un air déçu tandis que je reste muette d'émotion. Je suppose que c'est non. Allez, faut que je me tire, j'ai physique.

Il donne un léger coup de tête pour remettre en place sa mèche.

— Ciao Prudence.

Sa classe est à l'étage supérieur. Il s'éloigne. Il est au bout du couloir. Il va disparaître de mon champ de vision dans moins d'une seconde. Je murmure.

— C'est oui.

Pas besoin d'informer la terre entière pour savoir ce qu'on pensera. Moi-même, mon opinion est déjà faite. Je suis une pute, une salope précoce, une moins que rien. Je m'en fous. Quand on a faim, on mange ce qu'il y a, répétait mon grand-père. C'est exactement ce que je vais faire.

— Victoire ?
— Oui Prudence ?
— Tu peux venir une petite minute s'il te plaît ?
— J'arrive.

# Ground Control to Major Tom

Je l'ai contemplée un moment. Elle avait une position étrange – mais n'était-elle pas une personne tout à fait étrange ?

Torse à plat, hanches de côté, une jambe allongée et l'autre repliée. Sa peau mate sur les draps ivoire, ses mèches courtes en désordre sur sa nuque, ses doigts maigres aux ongles coupés nets, carrés, ses épaules dessinées en T : une œuvre d'art.

— Je vais partir, Libby.

Elle a soupiré.

— Eh bien, au lieu d'en parler, vas-y, tu vas encore être en retard.

Elle a dit ça d'un ton froid, presque méprisant. Elle est toujours méprisante après l'amour, comme si elle s'en voulait d'être ce qu'elle est. J'ai fini par m'y habituer. Je sais qu'elle m'aime. Elle est étrange, point final.

— Veux-tu qu'on dîne ce soir ?

— Je n'ai pas envie de sortir. Et puis j'ai du travail. Demain, peut-être.

Elle s'est levée dans un mouvement brusque, sans doute pour m'inviter à bouger à mon tour. Elle s'est dirigée vers la cuisine. Je l'ai entendue se servir un café, ouvrir le réfrigérateur. Elle est ressortie, une pomme à la main. En passant devant moi, elle a croqué violemment dedans, sans me jeter un seul regard. J'ai senti que je n'existais plus. Elle me réintégrerait dans sa vie plus tard, lorsqu'elle le déciderait. En attendant, elle allait sans doute rédiger un article, regarder un film, paresser.

J'adorais la rêver seule, penchée sur son ordinateur, une cigarette à la main, encore à moitié nue. Allons, va-t'en, Tom. Tu sais sinon que cela finira mal. Elle se retournera et t'adressera un mot dur, un mot couteau. Bien sûr, dix minutes plus tard, tu auras un message sur ton téléphone, un poème, une merveille de finesse qui te fera chavirer. C'est sa spécialité : effacer. Elle efface les mensonges, les méchancetés, les mauvais souvenirs, il lui suffit d'une phrase. C'est Libby : elle commence par tuer, puis elle ressuscite sa victime d'un simple effacement. Elle est toute-puissante. Je l'adore.

J'ai refermé la porte avec délicatesse, au cas où elle serait déjà plongée dans ses pensées. En descendant l'escalier, j'ai pensé aux fleurs que je lui ferais porter tout à l'heure. C'est encore l'époque des tournesols, le fleuriste à côté de la fac en a de magnifiques en devanture. Je commanderai deux bouquets, ou plutôt trois : elle déteste les chiffres pairs, elle les trouve lisses et ennuyeux. Trois bouquets, donc. Une dizaine de tournesols chacun, pour ensoleiller son après-midi. J'écrirai sur le mot : tu ensoleilles ma vie, Libby. Ah bien sûr, c'est un bijou de lieu commun, ma poésie à moi stagne au niveau de la mer, je n'ai pas son style, son talent, sa plume légère et acide, merveilleuse, éblouissante, peu importe : elle sait l'intensité de l'amour que je lui porte, ma Libby, mon adorée.

Je serai en retard à la fac. Je m'en fous. C'est moi le prof. Mes élèves attendront. D'ailleurs, cela les arrangera. Ils vont même espérer que je ne me présente jamais, ces morveux. Combien parmi eux s'intéressent sincèrement à mon cours ? Une poignée ? La plupart passent leur temps à bavarder. Ils font tant de bruit que je peine parfois à m'entendre dans l'amphi mais la vérité c'est que cela m'est bien égal. Qu'ils parlent, qu'ils chantent, qu'ils dansent pendant mes cours. J'ai accepté ce poste de conférencier parce qu'il flattait mon ego, non par vocation. Cela me plaisait de voir mon nom associé à une université prestigieuse. Et puis j'ai pensé à Libby : cette nomination était la preuve irréfutable que j'étais un intellectuel, et pas seulement un type qui fait de l'argent en produisant des films.

— Bien joué, a fait Libby en apprenant la nouvelle. Avec ça, tu t'approches à grands pas de la décoration.

Je suis un homme honnête : en acceptant la charge, j'en ai assumé les contraintes. J'ai travaillé mes sujets, préparé mes interventions dans les règles de l'art. J'ai publié dans des revues spécialisées et participé à plusieurs colloques aux intitulés savants. En conclusion, je suis devenu quelqu'un. J'appartiens désormais au Who's Who et je suis un homme respecté, sinon respectable. Un beau parti en somme : cinquante-sept ans à peine, pas mal de sa personne, divorcé, un enfant majeur, riche quoique pas autant qu'avant (ceci explique cela), mais suffisamment pour emmener Libby passer le week-end aux Maldives sur un coup de tête. Je suis *bankable* à tous égards, producteur influent, invité tous les soirs dans des dîners mondains et proche du cabinet du ministre. Libby adore. Suppute.

— Tu ne peux vraiment rien faire pour moi ? Ça doit pas être si compliqué de glisser un mot au ministre ! Chevalier des Arts et des Lettres, ça me suffirait. Quand je pense que cette purge blonde de la télé l'a eu en claquant des doigts. S'il suffit de commenter trois films d'art et d'essai sur une chaîne obscure…

— Cette purge, comme tu dis, a écrit plusieurs pièces de théâtre et publié une étude remarquable sur la nouvelle vague.

— Non mais je rêve, tu veux coucher avec elle ou quoi ?

J'ignore ce que Libby préfère chez moi, le carnet d'adresses, le compte en banque ou l'amour infini que je lui porte. Elle me répète souvent que je lui suis indispensable, sans préciser à quel titre. Prudent par nature, je me garde bien d'enquêter sur le motif.

La gardienne a souri sur mon passage. Elle aussi me trouve des avantages. Pour m'assurer son entière collaboration, je lui laisse à chacune de mes visites un pourboire faramineux. Comme je viens presque un jour sur deux, je suppose qu'au bout du compte, je représente la plus grande part de ses revenus. Je n'ai pas affaire à une ingrate. Elle met du sien dans notre relation, elle s'investit à fond. Clins d'œil, mots doux, menus services à volonté. Elle monte les bouquets de fleurs à toute heure. Elle glisse les enveloppes sous la porte. Elle rafraîchit le champagne et le dépose à bonne température devant la porte de Libby lorsqu'elle rentre d'un voyage, d'une interview, d'une émission. Je peux passer commande vingt-quatre heures sur vingt-quatre. S'il le faut, elle embauche son mari – par exemple lorsque je fais livrer un meuble ancien que Libby a repéré chez un antiquaire. Cerise sur le gâteau, elle surveille mon vélo. On m'en a volé deux en trois semaines, juste en bas de chez moi. Inimaginable devant chez Libby : ma gardienne favorite est plus vigilante qu'un transporteur de fonds.

— Ne vous donnez pas la peine de l'attacher, Monsieur Tom, je ne la quitterai pas des yeux, votre bicyclette.

Elle n'en revient pas de me voir pédaler en costume. S'abstient de toute remarque, fine mouche. Cependant il suffit de voir sa mine intriguée dès que j'enfourche ma bête. Ah, elle était plus sereine autrefois, lorsque je garais mon coupé sport devant le porche. Ça collait mieux au personnage. Seulement voilà, depuis un mois, j'ai décidé d'avoir une conscience citoyenne. Deux-roues, huile de coude, on pousse sur les cuisses, on redresse le torse et on n'en parle plus.

La gardienne est déstabilisée, Libby applaudit comme un gosse : « Ex-cel-lent, Tom. Tellement sexy. »

Elle m'a supplié en riant de porter un caleçon de cycliste sous mon pantalon, alors je m'exécute. À chacun de nos rendez-vous, je me harnache comme un coureur, moulé dans mon cuissard mauve – c'est elle qui a choisi la couleur. Qui s'en douterait ? C'est un de nos petits secrets, celui-là fait partie des plus gentils. La cuisse comprimée, j'attrape au vol mon reflet le long des vitrines et me trouve plutôt chic, *Le Monde* coincé savamment sous l'aisselle.

— Bon après-midi, Monsieur, a glissé la gardienne tandis que j'appuyais sur la pédale.

Une voiture est passée en trombe – la rue était pourtant étroite –, vitres baissées, musique à plein volume. J'ai senti mon corps frémir. Ma chemise s'est mouillée de transpiration tandis que mes poumons s'emplissaient d'un oxygène brûlant. Pensée pour Libby, qui vivait depuis le début de l'été stores baissés, dans l'ombre, organisant avec méthode la circulation de l'air d'une pièce à l'autre. Une obsession de l'obscurité.

Lorsque je dormais chez elle, il m'arrivait d'ouvrir les fenêtres à l'aube pour laisser passer le soleil naissant.

Elle se réveillait aussitôt.

— Ferme ça voyons, c'est insupportable.

— Tu n'es qu'un sale petit vampire que j'aime à la folie.

— Tais-toi, je dors.

Il me faudra vingt minutes pour atteindre la fac, en comptant ma pause chez le fleuriste. À moins que je ne remette l'achat des fleurs à demain. Ce serait peut-être judicieux, à la réflexion. Car demain, je prépare une sacrée surprise à Libby et ces tournesols pourraient bien embellir la scène. Demain, oui, je viendrai au petit matin avec une jolie Thermos en argent massif, une baguette juste sortie du four, de la confiture de griottes de la mère Poulot et un morceau de beurre frais. Jusque-là, rien d'extraordinaire : je porte son petit-déjeuner à Libby deux ou trois fois par semaine. Je prendrai d'abord dans la cuisine sa tasse préférée, sa serviette de lin brodé et le sucrier de porcelaine. Puis je préparerai ma surprise et verserai le thé dans la tasse. Lorsque tout sera parfait, je m'assiérai près d'elle. Je me pencherai sur son visage et lui soufflerai sur l'oreille. Elle se soulèvera légèrement, s'appuiera sur un coude, plissera le nez, râlera :

— Déjà ? C'est trop tôt, Tom, je n'ai presque pas dormi !

Je caresserai sa nuque sans lui répondre. Elle arrangera les coussins autour d'elle et cherchera la meilleure position pour déjeuner. J'approcherai le plateau afin qu'elle n'ait pas à tendre le bras. Elle ôtera le couvercle du sucrier, et c'est à ce moment-là qu'elle la verra, somptueuse parmi les cristaux blancs. Ses yeux s'arrondiront – je vois d'ici son sourire excité. Parviendra-t-elle à trouver un bon mot, mademoiselle Reine-de-la-repartie ? Je parie l'inverse. Au tapis, ma Libby. Sous le choc. Jeu, set et match en faveur de Tom. Une merveille pareille ne tolère qu'un silence ébahi.

J'ai choisi la bague seul. J'aurais pu demander de l'aide à une amie, mais mes amies détestent Libby, alors non, merci. D'ailleurs, au-delà d'un certain chiffre sur son compte en banque, on n'est jamais vraiment seul place Vendôme. J'ai mis le temps, le prix, résultat : elle est sublime. Mieux encore, princière. La fille, chez le joaillier, en avait les mains qui tremblaient. On ne voit pas tous les jours tant de carats s'envoler d'un seul coup. Mais rien n'est assez beau, ni assez fou, ni assez cher pour toi, ma Libby. Cette fois, tu n'auras plus aucune raison d'évoquer mes ex. Terminées, les remarques acides sur mes amours passées. Tu vas devoir admettre que tu es l'unique femme de ma vie, puisqu'en voici la preuve : je te demande ta main, mon cœur, et je signe de mon sang. De toi Libby, jamais je ne divorcerai puisque tu es ma lumière noire, mon exception, celle qui supprime d'un coup toutes les autres.

La rue débouchait sur une artère large et chargée. Les conducteurs exaspérés de chaleur avançaient en désordre au risque d'accrocher les carrosseries, tandis que le concert chaotique des klaxons ajoutait à la frénésie ambiante. J'ai jugé plus sûr de rouler sur le trottoir. Cela m'amusait de dépasser les grosses berlines d'un coup de pédale. Je penchais la tête pour observer au passage les galériens de la circulation et savourais leurs expressions fermées. Allons, plus vite Tom, appuie sur les mollets, laisse filer l'air sous ta chemise, goûte ta liberté, fonce !

Je devais rouler à vingt, peut-être vingt-cinq kilomètres heure lorsque cela s'est produit. Tout s'est passé si vite, une fraction de seconde. J'ai entendu une voix aiguë, puis il y a eu cette image de cheveux blonds, le sol qui se précipitait, le crissement du métal plié, la sensation de mon corps rebondissant, ventre fendu par le guidon, le choc de ma tête sur l'asphalte. Un court instant, j'ai eu peur. J'ai pensé que j'allais finir comme un con, la veille du jour le plus important de ma vie. Crever à vélo sur un trottoir, peut-on imaginer situation plus ringarde ? Oh mon Dieu, Libby. J'allais la couvrir de honte.

« Tom s'est tué dans un accident.

— Le pauvre, comment cela ?

— À vélo, une chute sur le trottoir. »

Pardon Libby. Mourir d'un infarctus, d'une rupture d'anévrisme, d'une cirrhose galopante, d'une saloperie romantique, quoi ! Mais à vélo !

La fille criait si fort, j'ai dû me rendre à l'évidence : j'étais encore loin d'être mort.

— Putain, t'es vraiment qu'un gros con ! Mes Louboutin, y a plus de talon !

Loin d'être mort, et même très capable de protester.

— Le gros con vous demande pardon, mais il se sent moyen. Ça vous ennuierait de me donner un coup de main ?

— Oh, mon Dieu, désolée, c'est pas du tout à vous que je m'adresse, c'est à ce connard de Bob. Putain, CONNARD DE BOB !

Le sang dégoulinait sur ma joue. D'où provenait-il ? J'ai tenté d'évaluer les dommages, bougé les jambes puis les bras avec précaution. À première vue, rien de cassé côté membres, mais la sensation d'un poing enfoncé dans le ventre et, surtout, une plaie à vilaine allure qui partait du genou gauche et rejoignait ma cheville. Pour le reste, c'était à voir.

— Qui est Bob ?

— C'est lui, a fait la fille en soupirant.

Un chien de race indéterminée, court sur pattes, gras et muni d'un épais collier de cuir noir nous considérait avec placidité. Beurk.

— Il vient de me bousiller mes pompes, cet enfoiré, a poursuivi la blonde.

Comme je lui lançais un regard particulièrement expressif, elle m'a tout de même tendu la main.

— Oh, mais votre jambe... Votre crâne... Vous saignez d'un peu partout. Comment vous sentez-vous ?

Peu à peu, la plaie de ma jambe devenait sensible.

— De mal en pis, ai-je répondu, tout en constatant que j'avais égaré une de mes chaussures.

La fille a passé un doigt dans mes cheveux.

— C'est affreux ! On dirait un trou ! Je crois que je vois l'os, oh là là, c'est pas possible, ça va encore me retomber dessus, s'est-elle lamentée.

Elle était fascinante de connerie. Du jamais vu, et Dieu sait pourtant que dans mon métier je croise un bon nombre de spécimens. Ce que j'aurais aimé, là, c'est tenir une caméra et filmer cette scène surréaliste.

— Tout ça à cause d'Amin Dada, a-t-elle poursuivi en secouant la tête. Est-ce que quelqu'un pourrait me dire ce que j'ai fait pour mériter ça ?

— Amin Dada ?

— Laissez tomber, c'est le surnom d'une fille du bureau. Une Black, quoi ! Enfin, surtout une chieuse de première qui se la joue dictateur sous prétexte qu'elle a un beau diplôme. C'est elle qui m'a refilé le clébard. À moi ! Je rêve... Et maintenant, pour qui les emmerdes, hein ?

— Alors, si c'est son chien...

— C'est PAS son chien : elle était censée le promener. Mais à cause d'un macaron... Bref, je ne vais pas vous raconter ma vie, hein ? Il faut appeler une ambulance. Ils vont vous conduire aux urgences.

Elle a ouvert le clapet de son téléphone portable.

— Ne vous donnez pas cette peine, je vais me débrouiller.

— Vous êtes fou ? Vous savez dans quel état vous êtes ?

Ô combien je le sais. Je sors de chez Libby, alors, sous mon costume, oui, on peut parler d'un drôle d'état. De quoi faire se poiler l'hôpital entier pendant une bonne dizaine d'années. Le cycliste mauve moule-bite, déjà. Mais le reste. Non, pas possible de montrer ça, vraiment pas, j'ai ma réputation tout de même. Je vais ramasser ce qui me sert de jambes et faire en sorte que ma vie intime le demeure encore quelque temps. J'ai passé l'âge d'alimenter les bêtisiers des carabins sur le web ; les urgences attendront.

J'étais à cinq cents mètres à peine de chez Libby. Je laissais toujours chez elle plusieurs tenues de rechange pour parer à toute éventualité. Mes plaies semblaient sérieuses, mais je me sentais assez solide pour faire un crochet et me débarrasser des preuves de ma débauche. J'irais me faire recoudre après.

Convaincre la blonde de me foutre la paix n'a pas été très difficile. Après avoir retrouvé ma chaussure manquante, elle a encore insisté une minute pour m'aider, question de convenances. Puis elle a fait semblant de croire que je n'allais pas si mal, m'a tendu une carte de visite et a disparu en compagnie de Bob.

La douleur irradiait dans mon dos. Je me suis demandé si l'âge rendait plus vulnérable. Est-ce que l'on chute de la même manière à vingt-cinq ou à cinquante ans ? Souffre-t-on plus violemment lorsqu'on vieillit ? Est-ce une simple question de perception et d'environnement, d'habitudes de confort ?

J'ai appelé la fac pour prévenir que je serais absent. Ensuite, j'ai attrapé le guidon tordu de mon vélo d'une main et le porte-bagages de l'autre. Bizarre, cette sensation d'être à la fois diminué physiquement et si déterminé, fixé sur l'objectif, avec un mental d'acier.

C'est une question qui m'a souvent taraudé : que dirais-tu, Libby, si je me retrouvais dans un fauteuil roulant ? Que ferais-tu de notre amour ? Vingt ans d'écart, ce n'est pas rien, et puis un homme c'est moins résistant qu'une femme, ça s'abîme plus vite, ça pleure au premier bobo.

Elle déteste que je parle de ça. Elle s'arrange pour tourner le sujet à l'humour. Son humour.

— Quitte à avoir un accident, aie au moins l'élégance de claquer.

— D'accord, mais imagine que je survive...

— J'ai déjà du mal à prendre soin de moi.

C'est aussi vrai que faux. Vrai, car elle ne fait rien pour elle-même. Faux, car elle délègue à cent pour cent. Je veille sur elle. Ses amis veillent sur elle : elle a cette petite cour permanente et attentionnée qui m'insupporte. Elle charme les uns et les autres mieux qu'un serpent de conte de fées. Elle minaude, elle ronronne, elle demande, elle exige. On accourt, moi en tête. Chaque semaine, je lui découvre une nouvelle montre, un nouveau tableau accroché au mur, un bijou ancien. Elle explique : la montre, c'est ce fameux joaillier qui l'a offerte, trop heureux qu'elle le représente lors d'une soirée de gala. Ce tableau, c'est ce cinéaste japonais dont elle a chroniqué le film avec enthousiasme. Cet agenda en serpent, c'est son amie

Aline, pour son anniversaire. Aline, la bonne copine au garde-à-vous, celle qui partage avec moi les corvées, récupérer Libby à l'aéroport (les taxis, c'est vulgaire), l'attendre chez le dentiste ou la masseuse, prendre ses affaires au pressing.

Souvent, je m'en agace. Elle rit comme une enfant gâtée – qu'elle est.

— Tu ne vas tout de même pas prendre ombrage de l'intérêt qu'on me porte ! Avoue que tu en es fier, au fond.

Je m'interroge. C'est vrai, j'aime savoir qu'elle plaît. Qu'elle séduit. Qu'autour d'elle on s'agite, on rampe, on ouvre des yeux émerveillés. Car au bout du compte c'est bien moi, celui qui dort dans le lit de la merveille. Malgré tout, je me sentirai mieux lorsque notre amour sera officiel : je n'ai plus envie de me réveiller seul la moitié de la semaine. Libby dit qu'elle veut conserver une dose d'indépendance, que deux appartements valent mieux qu'un. Je la soupçonne de s'être retranchée derrière cet argument par refus d'une simple vie commune. Avec elle, c'est tout ou rien. Eh bien, Libby, j'ai choisi. Ce sera tout : l'alliance au doigt et nos deux noms sur la porte.

Le corps crispé, j'ai finalement rejoint l'immeuble. La main de la gardienne a écarté les rideaux de crochet. « Oh, Monsieur Tom », ai-je pu lire sur ses lèvres. Elle semblait sincèrement touchée en ouvrant la porte.

— Je suis désolée, Monsieur Tom.
— Ce n'est pas si grave, ça va s'arranger.
— Oh non, je ne crois pas, ça va vous faire mal.
— Voyons, je ne suis pas à l'article de la mort, madame Almeida !

Elle a esquissé un signe de croix. C'est le moment où j'ai commencé à douter. Un sentiment vague, sans plus.

— Si vous pouviez vous charger du vélo. Il est bon pour la benne. Ah, et soyez gentille, appelez-moi un taxi d'ici dix minutes. Je me change et je file à l'hôpital, je vais avoir droit à quelques points de suture.

Elle a eu un mouvement d'approbation, mais je la sentais mal à l'aise, fuyante. Elle s'est précipitée dans sa loge avant que j'aie mis un pied dans l'ascenseur.

Comment imaginer ?

J'ai introduit la clé avec douceur : Libby pouvait s'être rendormie. Après, il m'a suffi d'un pas. J'ai aussitôt aperçu le grand sac posé sur la table du salon, duquel dépassaient une chemise blanche et un pull d'été gris clair que je ne connaissais pas. Ce téléphone portable qui n'était ni le mien ni celui de Libby. Cette veste courte cintrée, soigneusement disposée sur la chaise. Ce paquet de Rothman rouges. Ces clés de voiture inconnues.

La porte de la chambre entrouverte laissait filer de légers soupirs. Je me suis approché : elles étaient nues toutes les deux, deux peaux brunes, deux chevelures courtes, vingt doigts enlacés, des bouches encore rouges de s'être mordues.

Mon estomac s'est retourné.

— Merde, a fait Aline en fronçant les sourcils. Qu'est-ce que c'est cette connerie ?

— Je serais curieuse de le savoir, a murmuré Libby avec froideur, en détaillant mes vêtements déchirés.

J'ai inspiré. Ne pas répondre trop vite. Garder son calme ou au moins, essayer.

— Qu'est-ce que tu fous ici, Aline, ai-je lâché tout en réalisant l'absurdité de la question.

Elle avait l'air aussi surprise que moi. Elle s'est tournée vers Libby.

— Je croyais que c'était de l'histoire ancienne. Comment se fait-il qu'il ait toujours tes clés ?

Libby s'est levée sans répondre et a attrapé son peignoir. Elle s'est plantée devant moi en allumant une cigarette.

— Je t'ai déjà dit de ne jamais débarquer à l'improviste. Tu as vraiment le don de créer des problèmes.

Mon cœur explosait, mais de toute évidence cela ne la souciait pas plus que le sang qui continuait à couler de mes blessures.

— Bon, allez-vous-en tous les deux, ce sera mieux pour tout le monde, a-t-elle conclu. J'ai besoin de réfléchir.

Aline m'a regardé en enfilant sa culotte.

— Non, a-t-elle rétorqué. On ne partira pas. Tu nous dois des explications.

J'ai confirmé. Vas-y Aline, parle. Moi je manque de forces. Le corps en sang dans un cycliste mauve devant la maîtresse nue de ma fiancée, malgré mon âge mûr, mon expérience, j'ai du mal à gérer.

L'œil de Libby allait de l'un à l'autre. Elle évaluait les dégâts. De toute évidence, elle n'avait prévu ni la situation ni son évolution. Qu'Aline refuse de disparaître malgré son injonction, la douce, l'obéissante Aline, c'était certainement le plus impensable.

— Je te croyais très malade, a repris Aline. Libby m'a dit qu'elle conservait encore des relations avec toi parce que c'était un devoir moral, mais que vous ne baisiez plus.

Ainsi, c'est ce que tu as dit de moi, Libby. Que j'étais très malade. Qu'on ne baisait plus. Pourtant baiser est le mot juste, n'est-ce pas ?

— Tout ça est ridicule, a repris Libby comme si rien ne s'était passé d'extraordinaire. Aline, va t'habiller. Et toi, Tom, tu ferais mieux d'aller te soigner.

Aline a poursuivi sans relever l'intervention.

— Elle a promis qu'on vivrait ensemble à Noël. Elle m'a envoyé des milliers de textos, tu veux les voir ? Je les ai tous. Quand je n'ai plus eu assez de mémoire, je les ai recopiés sur un carnet. Des mots d'amour pareils, on les garde, tu comprends ? Elle m'a emmenée partout avec elle, au Cambodge, au Japon, au Brésil le mois dernier. On a loué des chambres dans des palaces, on s'est prises en photo, on a joué comme des gosses. Quand même, tu le sais ça, non ?

Oh non, Aline, je ne sais rien de tout cela. Cent fois j'ai proposé à Libby de l'accompagner dans ses reportages. Cent fois elle a refusé. Elle disait qu'elle écrirait moins bien, qu'elle devait rester concentrée. Qu'elle avait besoin de solitude. Et puis on en a fait des voyages, nous aussi. Tous les festivals de la planète. Les séjours à l'Eden Roc, les nuits de fête à Miami, les week-ends à New York. On s'est pris en photo, on a joué comme des gosses, elle m'a envoyé des milliers de textos avec ses mots sublimes. Je n'ai que les derniers, l'homme est moins conservateur que la femme.

Aline parle, parle, pleure, se décompose. À l'opposé, le visage de Libby est sec, fermé, comme sculpté dans un mépris glacial.

Je commence à comprendre qu'Aline aime Libby au moins autant que moi. Je commence à comprendre que Libby n'a jamais aimé qu'elle.

Les petits restaurants, les verres en terrasse...

Aline cite des noms de lieux, des détails, des expressions. Je découvre que Libby a deux vies parallèles, mais étrangement, deux fois la même. Elle a tout bonnement divisé son emploi du temps en deux.

J'en conclus dans la foulée que toute la ville est au courant.

Et puis : les détails scabreux.

Aline parle et plonge et je glisse avec elle. Je l'avais toujours trouvée quelconque, peut-être parce que j'étais incapable de voir quiconque en dehors de Libby. Aujourd'hui je découvre la beauté d'Aline, aussi radieuse que désespérée.

— À toi, Tom, m'encourage Aline. Il faut que tout s'étale ici. Qu'elle ne puisse plus jamais nous mentir, ni reculer, ni modifier.

— Taisez-vous, ordonne Libby. Je ne veux plus entendre le son de vos voix. Sortez.

— Elle a des rituels, fais-je avec difficulté. Avec toi aussi ?

La gardienne avait raison. Ça fait mal. Mais la rage me sauve momentanément.

— Tais-toi, répète Libby. Je t'aurai prévenu.

Pourtant, je vois bien qu'elle-même ne croit pas à ses menaces. Elle s'affaisse. Se rassied sur le bord du lit. Commence à trembler, enfin. Lance un regard effrayé, hésite : parlera-t-il ?

— Non, répond Aline, pas de rituels.

Donc, c'est avec moi qu'elle a touché le fond. À moi qu'elle a réservé le pire. Plus je pense à sa perversité, plus c'est moi que je condamne. Pourquoi me suis-je tu lorsqu'elle m'appelait papa ? Elle enfouissait sa tête dans l'oreiller pour m'offrir son cul. J'avais envie de vomir. À chaque fois. Le cul, la souffrance, infliger, s'infliger. Haine et perdition dans les regards croisés. Objets et matières en tout genre. Percer, tracer, torturer, violer, souiller jusqu'à panne d'imagination. Elle : toujours plus, toujours pire, vas-y papa.

Et moi qui ai fait semblant de traverser cela sans frémir, sans douleur. J'échangeais l'ignoble contre l'image mensongère d'un amour passionné. J'acceptais tout, puisque l'instant suivant elle était à nouveau la femme idéale, belle, subtile, cultivée, adorable. Ma femme.

Je pense à la bague dont l'écrin déforme ma poche. Je pense aux tournesols. Je pense à Aline. Je pense aux cadeaux.

— Sais-tu ce que je lui ai offert ? demande Aline.

Elle l'a couverte de cadeaux. Je l'ai couverte de cadeaux. Le réalisateur japonais, le joaillier, les autres : pure invention. La montre et les tableaux, Libby et Aline les ont choisis ensemble. Les gobelets en argent, les tentures indiennes, les bijoux, c'était avec moi.

À chacun de mes présents, Libby citait l'*Inventaire* de Prévert :

« Deux pierres trois fleurs un oiseau

Vingt-deux fossoyeurs un amour. »

À chacune de mes surprises, ajoute Aline, elle récitait :

« Une madame Untel

Un citron un pain

Deux amoureux sur un grand lit. »

Je la trouvais poétique.

— Je la trouvais magique, balbutie Aline.

— Tu n'es qu'un monstre au cœur sec, fais-je à Libby. L'incarnation du diable, l'impératrice de la manipulation. Tu es toxique.

— Je t'aime, lui murmure Aline en achevant de s'habiller. Jamais je ne te reverrai.

Elle va chercher son sac et me serre la main, puis quitte l'appartement en laissant la porte ouverte derrière elle. Je change de costume.

Libby garde la tête baissée un instant. Bien sûr, sa pose est étudiée. De trois quarts. Épaule découverte, nuque penchée. On ne sait jamais. Elle tire lentement sur sa cigarette.

Je jette un coup d'œil par la fenêtre. Mon taxi m'attend.

# Goodbye Marylou

Ils parlent tous de l'explosion. Mon cerveau peine, travaille à distinguer les mots, lutte contre ce souffle qui m'étourdit, ce vent qui hurle sous mon crâne. De toutes mes forces, j'essaie de reconstituer l'instant où ça s'est déclenché. J'étais dans l'ascenseur, j'ai appuyé sur le bouton, et boum. Je sais bien qu'il n'y a aucun rapport possible, mon doigt n'a pas ce pouvoir. Si c'était le cas, j'aurais sûrement fait sauter monsieur Farkas depuis longtemps.

J'attrape des bribes de la conversation. Dix-sept morts, onze blessés. « Pour l'instant », a précisé une infirmière. Ce sont des cas graves, pronostic vital en cause, alors ils occupent la totalité des blocs opératoires. De mon côté, rien à signaler hormis ce bruit persistant qui m'envahit : après une série d'examens, on m'a transférée dans la grande salle des urgences, en compagnie d'autres patients qui n'ont rien à voir avec l'explosion.

Je pense soudain : c'est la première fois que ça me sert à quelque chose. La dernière roue du carrosse, la quantité négligeable, l'incapable patentée s'en est bien sortie, elle. Il y a deux heures à peine, j'étais au fond du trou. Maintenant j'occupe le haut du panier. Je suis une miraculée : personne ici n'en a encore conscience, mais Paulo, lui, s'en réjouira bientôt avec moi.

Il n'est pas encore arrivé, mon petit gars. J'ai demandé qu'on le prévienne, ainsi que Nadège, qui l'accompagnera. J'aurais préféré le retrouver à la maison, mais le médecin a dit que je ne sortirais pas ce soir, il veut me garder en observation, on ne sait jamais, il y a quand même état de choc. Alors j'attends.

De temps en temps, une civière passe à portée d'œil. Parfois, une main pend, inerte. J'imagine un de mes anciens collègues sous le drap, la directrice générale surtout, cette vipère surmaquillée. À quoi peut-elle bien ressembler après un truc pareil ? J'ai honte d'avoir cette pensée-là, la vipère pissant le sang, mais c'est plus fort que moi, j'ai besoin de trouver une logique, une forme de justice divine. Les méchants et les collabos sont punis, les derniers seront les premiers : ce n'est pas le fruit du hasard.

— Vous croyez que c'est Al-Qaida ? a lancé une voix élégante.

À ma gauche, un homme en costume était allongé sur un lit à roulettes. Plus loin se tenait une femme en tailleur, chignon serré, avec un magnifique collier de brillants, beaucoup trop beau pour être en toc. C'était elle, la voix. Elle était installée sur un fauteuil roulant, plus droite qu'une reine sur son trône.

— C'est criminel, mais d'après les premiers éléments, rien à voir avec les islamistes, a fait l'homme.

— Comment le savez-vous ? a interrogé la femme.

— Ils l'ont dit à la radio. C'est le petit interne qui m'a donné les nouvelles. De toute façon, un immeuble avec des locaux de société, dans les quartiers chics en plus, ce n'est pas leur genre de beauté.

— Islamistes ou pas, le résultat est là, a repris la femme agacée. Depuis le temps que j'attends qu'on s'occupe de moi ! Je pourrais partir, le traitement a agi, mais aucun médecin n'est libre pour signer ma sortie.

Elle a soupiré.

— C'est dingue. Le jour où je me présente aux urgences. Enfin, je ne me plains pas, comprenez-moi, mais je veux dire, ça aurait pu arriver hier ou demain, et voilà, il faut que ça tombe aujourd'hui, comme si je n'avais que ça à faire.

— Le destin est capricieux, a répondu l'homme, songeur. En outre, il adore la loi des séries.

Au moment où il terminait sa phrase, il a grimacé de douleur et laissé échapper un râle.

— Ça ne va pas ? suis-je intervenue.

— Pour être franc, je commence à déguster, a-t-il répondu en reprenant sa respiration. J'ai demandé un antalgique au type qui m'a amené ici, mais on dirait qu'il n'a pas l'intention d'en tenir compte.

Il était plutôt âgé, un bel homme avec des traits fins, réguliers, le teint mat, brouillé par quelques traces de sang sur son front.

— J'ai des comprimés dans mon sac. Du paracétamol, ça ne pourra pas vous faire de mal. Je vais demander qu'on me l'apporte.

— Pff, a fait la femme. Si vous croyez qu'ils vont prendre le temps de vous apporter vos affaires...

— Je crois qu'ils le feront.

Oui, ils le feront. Car quelque chose a changé cet après-midi : je suis la seule à m'en être sortie. Cinq participants à la réunion et vingt-deux employés de la société, à qui j'ajoute monsieur Farkas, le compte est bon : vingt-huit morts ou blessés graves. Un étage entier rayé de la carte. Je suis LA SEULE rescapée. Le joker, le numéro complémentaire. Il y a eu ces embouteillages monstrueux, j'ai quitté mon taxi, sauté dans le métro, et voilà le résultat. Tu ne seras pas virée, Marylou, non, tu es toujours en poste, ce sont les autres qui sont virés, dégagés, pulvérisés !

Mon cœur s'emballe. Je le supplie de se calmer. Mais comment se calmer, lorsqu'on se sent enfin exister ? Les mauvais souvenirs affluent comme s'il était temps de les extirper de ma mémoire et de les affronter ; la peur, mes peurs me fuient, elles renoncent, abdiquent, je suis devenue invulnérable.

— Si vous le dites, a conclu la femme, sans conviction.


L'hôpital ne ressemblait pas à l'idée que je m'en faisais. Je ne suis jamais malade et – croisons les doigts – Paulo non plus. Le pire qu'on ait connu ensemble, c'est une varicelle carabinée lorsqu'il avait six ans. Il a compris très tôt qu'être malade est luxe de riches. Je ne parle pas des maladies graves, celles-là, pour ce que j'en sais, sont plutôt bien réparties. Je parle des autres, les virus de l'hiver, les lumbagos, les affections mineures, celles qui vous mettent à plat et peuvent vous coûter cher, au mieux une ruine en traitements, au pire votre emploi si vous ne récupérez pas assez vite.

J'avais parlé à mon fils le jour de son entrée à l'école maternelle : écoute, Paulo, je n'ai aucun moyen de te faire garder en cas de pépin, alors il va falloir y mettre du tien. Interdiction formelle d'oublier son cache-nez et ses moufles en hiver. Interdiction de se découvrir après le sport. Interdiction de partager sa gourde avec les copains. Jus d'orange frais et cuillerée de miel chaque matin, soupe de légumes verts le soir obligatoire. Rompez !

De l'hôpital donc, je ne connaissais vraiment que la maternité. J'y avais brièvement séjourné lors de mon accouchement. Paulo, déjà prêt à rendre service, était né vite et bien un dix juin à trois heures vingt-cinq de l'après-midi. Premier bain, premiers soins, apprendre à donner le sein, consulter le pédiatre : c'était déjà le moment de la sortie. Paulo et moi avions quitté la maternité à l'heure du déjeuner, sa petite tête blottie contre mon épaule, exactement au bon endroit – en piste pour me faire oublier ma peine.

J'étais jolie, à l'époque : le bonheur rend beau. J'aimais, j'étais aimée, la vie était simple, sobre, magnifique : il était près de moi – encore aujourd'hui je suis incapable de prononcer son prénom.

Je me souviens qu'enceinte, on se retournait sur moi. Mes cuisses épaisses, mes fesses trop fortes, mes bras ronds n'y changeaient rien. Les regards s'allongeaient de mon ventre pointu à mon sourire béat, puis s'illuminaient par contamination.

Un matin, les contractions s'étaient brusquement rapprochées. J'avais vérifié ma valise, puis j'avais téléphoné au père de Paulo, le cœur battant.

— Alors ça y est, avait-il questionné, tu en es bien sûre ?

J'espérais qu'il passerait me prendre à l'appartement. Je trouvais romantique de dire adieu ensemble à notre vie à deux. Il avait refusé gentiment.

— Ne m'attends pas, veux-tu ? J'ai un boulot à terminer. Trois fois rien, mais par sécurité je préfère que tu partes devant.

J'étais déçue. J'ai insisté en vain.

— C'est le premier, tu n'accoucheras pas avant des heures. Je te rejoindrai à la clinique bien avant la naissance.

Il était mécanicien, le meilleur mais surtout le plus beau du garage, du quartier, de la ville. Les cheveux noirs, les yeux d'un bleu intense, le sourcil épais, bâti comme une statue grecque : d'après les rumeurs, son physique d'ailleurs n'était pas étranger au succès de l'établissement. On le demandait, on l'exigeait, on le chouchoutait. Il courait d'une voiture à l'autre, se coupait en quatre, travaillait tard, parfois même toute la nuit. Il rentrait épuisé et déposait des billets sur la table du salon.

— Bonus ! lançait-il.

Certains mois, il doublait son salaire. Ça m'avait donné des idées ; on vivait ensemble depuis deux ans, je me sentais prête. Pas lui.

— Imagine, on aurait un garçon, il te ressemblerait...

— Je ne veux pas faire d'enfant. Je veux profiter de la vie avec toi. On le mérite, non ?

C'était vrai : on en avait bavé. Jusqu'à ces derniers mois et ce nouvel emploi, nous avions vécu tous les deux sur mon SMIC. On se privait de tout. On passait nos dimanches devant la télévision pour éviter de sortir et de dépenser de l'argent. Cela me convenait. Je lui disais : le plus important c'est l'amour. Il répondait : le plus important, c'est la liberté, et la liberté sans fric, c'est une bagnole sans roues.

Il rêvait d'aventure, de tour du monde. Il voulait traverser le désert du Nevada, naviguer entre les îles Galápagos. Faire l'ascension de l'Himalaya.

— Marylou, nous deux sur le toit du monde, avoue que ça aurait de la gueule...

Cela me serrait le ventre de l'entendre rêver d'impossible. À moi, notre petit appartement suffisait. Mais lui était déterminé. Il épluchait les petites annonces, écumait les rues, interrogeait les commerçants. Il s'en sortirait, affirmait-il à qui voulait l'entendre. Son statut d'orphelin ex-enfant de la misère n'y changerait rien : ce n'était qu'une question de temps.

Il avait réussi. À l'arraché, sans diplômes ni références. Le patron du garage l'avait pris à l'essai vingt-quatre heures : il n'en fallait pas plus pour le convaincre.

Et le soir, une bouteille de mousseux à la main, le sourire victorieux :

— Engagé ! Je commence demain ! Oui, madame, avec les compliments de la maison !

Ses projets s'étaient développés. Chaque fin de mois, il versait de l'argent sur un compte bloqué. Chaque nuit, penché sur la table de la cuisine, il dessinait sur un planisphère des parcours multicolores toujours plus compliqués.

— On commencera par les déserts. Je veux écouter le silence.

Je suis tombée enceinte par accident, six mois après le début de son contrat. Lorsqu'il a appris la nouvelle, il m'a embrassée sur le front, a rangé ses crayons et replié la carte. Puis il est demeuré longtemps près de la fenêtre, fixant l'horizon. Je tremblais de peur. Je lui ai promis qu'on serait heureux. Je lui ai demandé d'avoir confiance. Il a acquiescé d'un hochement de tête. Durant les semaines qui ont suivi, il s'est montré doux, attentif. Il rapportait des fruits, des bonbons, des fleurs. J'ai cessé de trembler.

Vers quatorze heures trente, ce dix juin, les contractions sont devenues insupportables. La sage-femme s'est excusée : tous les anesthésistes étaient occupés. J'entendais à peine sa voix, l'anesthésie je pouvais m'en passer, mais lui, mon amour, ma moitié, ma vie ? Je fixais la porte de la salle de travail, je m'adressais à Paulo, patiente bébé, ton père est en chemin, mais la sage-femme n'était pas de cet avis, allons, poussez, madame, je le vois cet enfant, il est prêt, il faut l'aider à venir, respirez un grand coup, poussez !

Une infirmière a regardé sa montre tandis que Paulo envoyait son premier cri. Quinze heures vingt-cinq. Quel bébé magnifique, madame, vous pouvez être fière. Même pas fripé, poids idéal, allongé comme il faut : tout simplement parfait.

Je t'en supplie, ouvre cette porte, apparais, là, maintenant, s'il te plaît, on t'attend, on n'attend que toi, le reste du monde on s'en fout, Paulo te ressemble, je te l'avais prédit, le nez fin mais pas trop, les lèvres charnues, les fossettes renversantes, la chair de ta chair adorée.

Une deuxième infirmière est entrée, une enveloppe à la main. Bien sûr, j'ai compris.

— C'est pour vous, un message du papa, a-t-elle lancé avec un sourire complice.

Mon cœur s'est tordu à me faire hurler.

— Ça vous fait mal ? Ne vous en faites pas, a tenté la sage-femme. C'est une réaction sans importance, j'ai vérifié, tout est en place, détendez-vous, lisez plutôt votre courrier.

Mon courrier.

C'est tout ce qui me reste de toi. Trois mots et une virgule : « Pardon, et courage ».

J'ai serré le papier si fort que la trace est restée inscrite dans ma paume jusqu'au soir.

Les bruits se sont tus dans la salle de travail. La sage-femme s'est assise près de moi, sur le lit, a pris ma main dans la sienne, a cherché des mots.

Une éternité de froid. Mes veines bleues crevant ma peau, crevant mes yeux. « Pardon, et courage. » La virgule, pourquoi ? Courage, Marylou. Un bébé parfait. Prenez-le contre vous, madame, c'est capital, peau contre peau, vous verrez, c'est ce qui compte, voyez comme il est vigoureux, un enfant en pleine santé, ce sera le petit roi de la maternité.

Trouver la force. Imaginer qu'un jour on parviendra à vivre sans ce sentiment de n'être plus qu'un fragment de soi-même. Trouver la force de se mentir, se dire que tu es, mon Paulo, le plus important dans ma vie, le seul être qui compte : à force cela finira bien par être vrai.

Et d'ici là, tenir.

Il avait pris toutes ses affaires. Même son linge sale, il l'avait emporté. Les photos de nous accrochées au mur avaient disparu. Il avait nettoyé le lavabo et la baignoire, changé les draps. Plus un cheveu de lui. Au garage, ils ont dit qu'ils ne savaient rien, il n'avait averti personne de son départ.

Je suis devenue laide. Aussitôt. Mon visage s'est creusé. Ma peau s'est brouillée. Je me maquillais pour donner le change, mais personne n'était dupe. Regards contrits sur mon passage. Petits mots compatissants dans la boîte aux lettres.

Tenir.

Je chantais des berceuses à Paulo en avalant un Temesta, on s'endormait ensemble sur mon lit. Peau contre peau : sauver ça. Le mois suivant, j'ai décidé de déménager. On s'est installés dans une autre banlieue, avec les mêmes bâtiments gris couverts de graffitis, les mêmes supermarchés, les mêmes abribus aux vitres fissurées. Les mêmes voisins ou presque, avec cependant un avantage considérable : ils ne connaissaient rien de mon passé et s'en contrefichaient. À Paulo, j'ai raconté que son père était alpiniste et qu'il avait disparu dans l'ascension de la face nord de l'Everest. Il aurait mieux valu lui dire qu'il était mort, mais je n'avais pas réussi à prononcer le mot. Une erreur.

— S'il a disparu, c'est qu'on peut le retrouver.

— Tu sais, Paulo, la dernière personne à l'avoir croisé l'a fait à sept mille sept cents mètres d'altitude, au moment où les conditions météo devenaient épouvantables.

— Raison de plus, si cette dernière personne a survécu, pourquoi pas lui ?

Un après-midi, vers cinq heures, Paulo est en classe de CM1, je reçois un coup de fil de la psychologue de l'école. Chère madame, croyez bien que je suis désolée d'avoir à aborder le sujet, Paulo m'a expliqué pour cette tragédie en montagne. Terrible, mais enfin, règle n° 1 : ne pas laisser un enfant imaginer l'impossible. Son père ne reviendra pas, n'est-ce pas ?

— Il ne reviendra pas, non.

Bon, alors il faut lui dire la vérité. Votre Paulo, madame, se figure qu'un être humain peut survivre neuf ans dans une faille. Que son père a peut-être découvert un monde parallèle. Que la légende du Yeti a forcément un fond de vérité. Pire : que le réchauffement de la planète et la fonte des glaces pourraient nous réserver un miracle. Pardonnez mon langage cru, chère madame : il est temps de prendre vos responsabilités.

Le jour de ses dix ans, j'ai tout dit à Paulo. Il a répondu :

— Je m'en doutais.

On a convenu ensemble qu'on n'évoquerait plus le sujet, ou pas avant longtemps, pour éviter de se faire du mal.

— Maman !

Il est là, dans l'encadrement de la porte. Il sourit. Nadège le tient par l'épaule. Il est en short et en T-shirt, les cheveux en bataille. Elle porte un tailleur pied-de-poule avec une grosse broche dorée en forme de fleur et un serre-tête gris : je la reconnais à peine. Je ne l'ai jamais vue autrement qu'en pull ou en blouse, les cheveux noués en queue de cheval. J'essaie de plaisanter :

— Je ne suis pas encore morte, tu n'étais pas obligée de t'habiller en cérémonie.

Elle fronce les sourcils, cherche une réponse, trop tard : Paulo s'est précipité dans mes bras.

— Alors ?
— Rien de grave, je vais bien.
— Ma petite maman, tu as dû avoir peur...

Je le serre dans mes bras. Une fois encore, je redécouvre combien il est doux et bon de t'avoir, mon Paulo. Une fois encore, le temps se fige et mon cœur se réchauffe.

— Vous en avez un beau petit garçon, a fait l'homme à côté de moi.
— Vous aussi, vous étiez là-bas ? a questionné Paulo.
— Oh non, moi, c'est bien plus bête, j'ai fait une chute de vélo. Ça n'arriverait pas à un gars comme toi, c'est certain.
— Tout ça, c'est affreux, a coupé Nadège. Tu vois, Marylou, tu avais raison. Il était pas net, ton patron. Sinon, pourquoi il aurait explosé, hein ?

Elle a pris ma main dans la sienne.

— Quand même, t'es une sacrée chanceuse.

C'était un raccourci saisissant de ma vie, mais je l'admets : il y avait matière à réflexion.

— Paulo, va récupérer mes affaires s'il te plaît, j'ai besoin de mon sac. Prends aussi une bouteille d'eau au distributeur.
— J'y vais, M'man.
— Cette journée est bizarre, a lâché Nadège, songeuse. Pourtant, je n'ai rien vu de particulier dans les horoscopes.

Paulo était déjà de retour, courbé sous le poids de mon sac.

— Il y a un journaliste qui demande à te parler. Il est avec un cameraman.
— C'est dingue, a fait Nadège. Tu vas passer à la télé !

— Ça m'étonnerait. J'étais dans l'ascenseur, je n'ai rien vu. Ils se sont trompés de cliente.

— Vous plaisantez, est intervenu l'homme en costume. Vous êtes la seule en état de vous exprimer. Ils ne vous lâcheront pas. Avec autant de victimes, il y a de l'audience à la clé.

Je lui ai tendu un comprimé et la bouteille d'eau.

— Ce n'est pas très fort, mais si ça peut vous soulager...

— Merci, a fait l'homme. C'est déjà réconfortant de voir que quelqu'un se soucie de mon état.

— Je lui réponds quoi au journaliste, maman ? a insisté Paulo. L'infirmière dit que c'est à toi de décider si tu t'en sens capable.

— Dis-leur que je suis fatiguée.

Au même moment, une aide-soignante est entrée dans la salle et s'est dirigée vers la femme en fauteuil roulant.

— Un médecin va vous examiner. Vous pourrez partir après.

— C'est pas trop tôt, a répliqué la femme. Si je devais facturer le temps d'attente à mon tarif horaire, l'hôpital serait en faillite.

Elle s'est tournée vers nous et a lancé un bref signe d'au revoir tandis que l'aide-soignante la poussait vers la sortie.

L'homme en costume s'est redressé pour avaler son comprimé.

— Au fait, elle faisait quoi, cette boîte ?

— Montage de sociétés, rachat d'entreprises. Je n'étais que secrétaire, vous savez.

— Assistante, a cru bon de rectifier Nadège. Travaillant comme quatre, mais payée comme une stagiaire. Le coup classique, quoi.

Paulo a frissonné. J'ai fusillé Nadège du regard. Elle s'est recroquevillée sur elle-même.

— Il n'y a rien de plus précieux qu'une bonne secrétaire, a repris l'homme. C'est le recrutement le plus difficile. Tu peux être fier de ta mère, Paulo – tu me permets de t'appeler par ton prénom ? Moi, c'est Tom.

Il parlait de plus en plus lentement, comme si chaque mot exigeait un nouvel effort.

— Tom, a décrété Paulo, c'est un prénom de héros.

— Ah bon ? s'est étonné l'homme. C'est pourtant banal. Je me demande ce qui a pu te donner cette idée.

— Eh bien, a répondu Paulo en haussant les épaules comme s'il s'agissait d'une évidence, c'est Tom Joad.

— Tom qui ? a fait Nadège en fronçant les sourcils. Je connaissais Tom Cruise, mais là, je vois pas.

— Moi non plus, a souri l'homme. C'est un personnage de manga ? Un jeu vidéo ? Un basketteur ?

— Ben non, a murmuré Paulo d'un air gêné. C'est le héros des *Raisins de la colère*.

L'homme a sursauté.

— *Les Raisins de la colère*, mais quel âge as-tu donc, Paulo ? Onze ans, douze ans ? Et tu lis Steinbeck ?

J'ai senti mes poumons se gonfler de fierté. Eh oui, il lit, mon Paulo. Steinbeck, Hugo, Baudelaire, Rimbaud, Romain Gary et un tas d'autres dont j'ai oublié le nom. Tous les soirs, y compris après l'extinction officielle des feux. Il fait semblant de croire que je n'ai pas remarqué la lueur de la lampe de poche sous les draps et moi je fais semblant de croire qu'il dort paisiblement. Le vendredi, il va à la bibliothèque et revient avec deux ou trois livres qu'il épuise dans le week-end. Il a essayé de me convertir, mais la lecture, c'est pas mon truc. Mon histoire me suffit, je n'ai plus la force d'entrer dans celle des autres.

L'homme a souri. Un sourire doux et blessé à la fois.

— Vous savez quoi ? Cet enfant est...

Il n'a pas terminé sa phrase. Son visage a subitement pâli, sa tête est tombée en arrière : il avait perdu connaissance. Je n'ai pu retenir un cri.

— T'inquiète pas, maman, a dit Paulo, comme s'il y allait de sa responsabilité. Je vais chercher quelqu'un.


Appuyée contre le mur aux peintures défraîchies, Nadège écarquillait les yeux.

— Merde alors, pourvu qu'il claque pas sous nos yeux !

— Tu avais raison, ai-je conclu. Cette journée est vraiment bizarre.

# Dear Prudence

La tête de Versini lorsque je suis entrée dans la pièce. Il a pratiquement sursauté. Je ne rêve pas, non, il a sursauté en me voyant. Autant vous dire que le premier que j'entends parler de paranoïa, je le plonge dans une marmite, je m'enfile un os dans le nez et je le dévore en ragoût. Eh oui, lorsque l'on s'appelle Prudence Mané, que l'on est titulaire d'un bac + 8 et *partner* dans un cabinet de conseil réputé, rien n'indique a priori que l'on est noire.

Je les connais si bien, ces regards détournés. Cette façon maladroite de masquer la surprise, car oh, bien entendu, une telle réaction est loin d'être politiquement correcte.

Je les connais, je les prévois, je les attends, pourtant je ne m'y habitue pas. Je lutte, je m'accroche : je sais bien que c'est moi que je punis en offrant le flanc à ces sombres pensées. En vain. Je plonge dans les miroirs tendus à loisir au long de mes journées. Je guette l'affront. Tu es noire, Prudence. Pour tous ces Blancs que tu croises, tu descends d'une lignée d'esclaves. Peu importent ta beauté, ton intelligence, ta rigueur, ton professionnalisme. Tu es noire, donc inférieure. Issue du règne sous-humain, quelque part entre animal et végétal.

— Donc, vous êtes, euh…

— Prudence Mané, ravie de faire enfin votre connaissance.

Pauvre Orléans, qui s'évertue à croire aux contes de fées. Prête à passer l'éponge, sous prétexte que l'esclavage a été repeint du titre de crime contre l'humanité. Elle n'a qu'un mot à la bouche, tolérance. Orléans n'a rien vu de la grande escroquerie du vingtième siècle. Moi, j'en étouffe. Je ne crois pas aux bons sentiments. Je regarde les faits, les chiffres, je constate que l'espérance de vie d'un Noir est inférieure à celle d'un Blanc, j'observe le quotidien humiliant de nos vies. L'hypocrisie des bien-pensants. La sollicitude permanente. Je me sens exploser, mais à quoi bon ? Il faut tenir le coup. Je n'ai qu'un objectif, traverser cette vie le plus vite possible. D'ici là, remettre quelques points sur les *i* dès que l'occasion se présente.

Je regarde Versini droit dans les yeux en m'adressant à lui. Il a de quoi être satisfait. Le dossier est solide. Il y a un faisceau d'éléments convergents. Listing des versements, croisement des comptes. Des mois de recherches minutieuses, d'analyses impitoyables. Des nuits à étudier les dispositifs légaux les plus abscons et les moins connus, à traquer les flous juridiques, à créer du sens, des théories, à apporter des conclusions quasi impossibles à contester. Je pose, j'expose, je développe, je démontre. Il écoute. Hoche la tête. Se caresse le menton, boit un verre d'eau.
J'ai terminé : je lui tends le dossier avec une certaine fierté : voilà le circuit tel qu'on peut le reconstituer, cher monsieur. Nous sommes prêts pour le dernier round.

— Bien, fait Versini après avoir écouté ma présentation. Un gros travail, incontestablement.

Il n'a pas baissé les yeux une fraction de seconde. Nos regards s'affrontent dans une bataille silencieuse dont il ignore sans doute l'enjeu. Je souris légèrement : impossible de contrôler le sentiment de plaisir que j'éprouve à l'instant, face à cet homme calé dans son énorme fauteuil de cuir, dans cette pièce dont la décoration prétentieuse rappelle à tous que l'on se trouve dans l'antre de la réussite. Cet homme qui vient de me féliciter, et ce n'est que justice.

— Cependant, reprend-il.

— Oui ?

— J'ai un souci. Vous avez parlé – je vous cite – de *conclusions quasi impossibles à contester*. Voilà qui est fort contrariant.

Un rictus tout juste perceptible fige les commissures de ses lèvres, trahissant sa tension. Je devrais plutôt dire, sa cruauté : je viens de lui présenter un dossier en béton armé, mais monsieur Versini est *fort contrarié*.

— Monsieur, je le regrette, il est impossible de faire mieux.

— C'est regrettable, en effet. Qui a travaillé sur ce dossier ? Clara ?

— C'est moi, monsieur. Je peux développer un point en particulier, répondre à vos questions. Vous parler de nos méthodes.

Il fronce les sourcils.

— Ma chère, lâche-t-il d'un ton condescendant, je paie extrêmement cher votre cabinet pour obtenir des garanties. Je vais donc poser la question avec plus de clarté : avez-vous là-dedans... (Il pose bruyamment la main sur la chemise orange.)...

de quoi effacer les soupçons qui pèsent sur mon établissement ?

Bien. Les choses se gâtent, donc. Ses yeux me sondent avec dureté. Je déploie mon armure, mais c'est trop tard. Tu es touchée, Prudence.

— Il reste certaines zones d'ombre. Nous allons devoir compter sur notre pouvoir de conviction auprès du juge, monsieur, mais c'est aussi notre métier. Le moment est venu de nous faire confiance.

— Je n'apprécie pas votre approche, fait Versini. Vous n'êtes pas ici pour recenser les zones d'ombre, ni pour conclure sur des approximations. Si vous n'avez rien à ajouter, cette réunion est terminée. J'appellerai Clara en fin de journée.

Il se lève et quitte la pièce. Je l'ai vu à plusieurs reprises en photo sur les nombreuses coupures de presse qui étoffent mon dossier : Versini décoré par le ministre de l'Économie, Versini sur les marches du Palais de Justice, Versini fêtant la réouverture d'un célèbre restaurant étoilé. Mais c'est la première fois que je le rencontre en chair et en os. Plus en chair qu'en os, d'ailleurs. Les affaires lui profitent. Il est réputé pour avoir une des meilleures caves au monde, oui, au monde. La banque privée qu'il dirige possède plusieurs grands crus et finance une marque de champagne de prestige et un cognac réputé dont une seule bouteille coûte l'équivalent de six mois de salaire d'un ouvrier.

Clara était si fière d'avoir remporté l'affaire. Jusque-là, Versini n'avait jamais fait appel à un cabinet extérieur. Il avait ses propres juristes, ses propres chiens de chasse réputés pour leur hargne.

Trois fois mis en examen, trois fois lavé de tout soupçon.

— Mais cette fois, Prudence, c'est du sérieux, avait prévenu Clara. Il lui faut du haut de gamme pour sortir de ce bourbier, et le haut de gamme, c'est nous. C'est toi. Tu es la meilleure.

Ses compliments m'étaient indifférents mais le sujet, motivant.

— Et toi Clara, qu'en penses-tu au fond ? Il est mouillé ?

— Ce qui compte, ce n'est pas mon avis, c'est ce que le juge va penser. Et grâce à toi, le juge va penser qu'il est plus innocent qu'un agneau.

Elle saisit mon regard méfiant.

— Mais non voyons, il n'est pas mouillé. Je ne travaille pas avec des organisations mafieuses. D'ailleurs, le juge n'a aucune preuve à charge.

Aucune preuve, mais une conviction qu'il cache à peine. L'affaire lui a été confiée voici quelques jours, le précédent magistrat – une magistrate, en l'occurrence – ayant succombé contre toute attente à un infarctus. Je ne le connais pas. Je sais seulement qu'il est jeune et que c'est la première fois qu'il apparaît sur une affaire aussi importante. D'autant plus dangereux : il va vouloir se faire un nom à tout prix. Realprom est un dossier en or pour qui veut passer dans la cour des grands : activités floues, réseau implanté dans les paradis fiscaux les plus tordus, suspicion de liens avec le grand banditisme, hypothèse de financements politiques. Et, pour achever le tableau, l'appui d'une grande banque privée réputée jusqu'ici pour sa puissance et sa discrétion. Versini.

Pas facile de démêler le vrai du faux.

— Tu vois, avait lâché Clara en me donnant une pile de documents, la réalité c'est que, dans ce pays, on ne pardonne pas la réussite. Lorsque le père de Versini a fondé la Lexis en quarante-sept, il était comptable aux Grandes Galeries de la Mode, alors tu penses.

Ça oui, je pense. C'est même ce qui me le rend sympathique, ce Versini. Les gens qu'on juge sur leur pedigree, ça m'insupporte, tu comprends ça, Clara ?

Je m'étais plongée dans l'affaire avec rage, déterminée à protéger mon client des attaques malveillantes. Je serais son bouclier, son gilet pare-balles, son assurance tous risques. Si d'aucuns avaient juré sa perte, ils se briseraient les dents. Je mettrais au jour les failles dans le dossier de l'accusation. Je démontrerais la mauvaise foi et la fragilité des arguments avancés. Je balaierais les suspicions.

J'avais dépensé une énergie considérable. Des nuits entières j'avais comparé des flux financiers, étudié des relevés de compte, répertorié des numéros d'appel ; le combat de Versini était mon combat, sa victoire serait la mienne. C'est dire quel plaisir j'avais eu à apprendre que j'irais en personne lui présenter les fruits de mon travail.

Mais voilà que cet après-midi, alors que je venais, deux heures durant, de lui détailler mon dispositif de défense, Versini méprisait mes efforts et piétinait mes conclusions d'un humiliant « j'appellerai Clara en fin de journée ».

Il n'avait même pas pris la peine de me saluer. Tout juste avait-il vaguement incliné la tête avant de quitter la pièce, geste qu'il considérait sans doute suffisant à l'égard d'une subalterne, noire par-dessus le marché, qui avait l'audace de ne pas proposer une réponse définitive à une question impossible à résoudre.

J'ai rangé mes affaires, refermé mon stylo. Observé encore une fois les boiseries précieuses, la moquette épaisse, les tableaux de maîtres. La table elle-même semblait une œuvre d'art, tant son bois était beau et lourd, sa forme, originale, sa patine, parfaite. Sous la direction de Versini fils, la banque avait vu sa croissance se multiplier par cinq. Il y avait de quoi attirer l'attention d'un juge tatillon, d'autant que la Lexis Bank, qui disposait déjà d'une représentation active dans les îles Caïmans, avait récemment ouvert deux succursales, l'une à Moscou, l'autre dans les îles Tonga, ces dernières ayant accueilli dans la même période une filiale de Realprom, dont les activités étaient pour le moins obscures.

Cela étant dit, financer une entreprise et gérer ses comptes n'impliquait pas forcément une connaissance à cent pour cent de la nature de ses transactions. Qu'une banque ait un ou deux pied-à-terre dans des paradis fiscaux faisait simplement partie du métier, quant à Versini, il contournait la loi et opérait off-shore dans les règles : en résumé, les poursuites dont il faisait l'objet étaient infondées et calomnieuses, du moins était-ce ce que j'avais l'ambition de démontrer jusqu'à cette réunion crucifiante.

La situation cependant venait de changer. Je n'étais plus très sûre de devoir conserver l'affaire. Il fallait que je parle à Clara d'urgence.

J'ai attrapé mon téléphone mais, au moment où j'allais composer son numéro, ma messagerie s'est mise en marche. Voix de Clara, dans un état d'énervement extrême. « Imagine-toi, grognait-elle avec un timbre encore déformé, que je me retrouve littéralement stockée, retenue contre mon gré dans une épouvantable salle d'attente. Ces imbéciles ne veulent rien entendre et refusent de me laisser quitter l'hosto sans être accompagnée, alors que je n'ai plus le moindre symptôme. Passe me prendre dès que tu sortiras de ta réunion avec Versini. Tout ce barnum à cause de ce putain d'attentat. Prudence, fais vite, ou bien cette fois, c'est moi qui vais tout faire sauter ! »

Un attentat ? Je me suis aussitôt branchée sur Internet. On annonçait une explosion d'origine encore indéterminée, un étage entier soufflé dans un immeuble de bureaux, une trentaine de personnes dont la majorité seraient mortes sur le coup, les autres grièvement blessées.

J'en ai frissonné. Vie et mort, instant présent. Allons, Prudence, file à l'hôpital, dans l'immédiat philosopher ne te mènera à rien. Il vaudrait mieux récupérer Clara et voir comment gérer l'obstination de Versini. Ensuite, il sera temps de réfléchir à tout cela. De prendre du recul et de t'interroger sur cette étrange journée au cours de laquelle tu as successivement envisagé de démissionner, eu l'opportunité tant attendue de présenter les fruits de ton travail et finalement essuyé le pire camouflet de ta carrière, ce qui d'une certaine manière te renvoie à la première proposition.

Ma voiture était garée tout près. Je serais à l'hôpital en moins d'un quart d'heure.

Ce jour où j'ai dit « c'est oui », alors qu'il était déjà en route pour son cours de maths, j'ai attendu Antonin à la sortie du collège le cœur battant, les jambes tremblantes, mélange de honte et de bonheur. Mais Antonin le beau, Antonin le magnifique est passé devant moi en regardant ses pieds, sans dire un mot. Il était cinq heures de l'après-midi, c'était ma faute, je n'avais pas répondu assez vite, il en avait sans doute choisi une autre.

Ce jour funeste, de retour à la maison, je me suis longuement toisée dans la glace, pour mesurer ma résistance. Combien de temps pourrais-je soutenir le regard d'une fille déshonorée, qui n'avait pas craint de donner ce qu'elle avait de plus précieux pour obtenir quelques miettes de reconnaissance, pour exister au moins physiquement, pour – dans le meilleur des cas – constater qu'elle avait ce pouvoir navrant d'offrir du plaisir à ceux qui la traitaient en intouchable.

À onze ans, les seins ne sont pas le seul organe développé : il arrive que le cerveau et le cœur soient déjà en mesure d'éprouver la force de concepts aussi violents que ceux du malheur et de la fatalité.

À onze ans, on peut pleurer sans verser une larme, et c'est les yeux secs que je me suis dirigée vers la fenêtre du salon. J'ai pensé brièvement à ma mère et lui ai demandé pardon en silence de l'abandonner ainsi – tout en songeant qu'il valait mieux avoir une fille morte et digne qu'une fille vivante et répugnante. Puis j'ai pensé à toi, cher grand-père. Je t'ai demandé pardon aussi, car je craignais tes réprimandes lorsque nous nous retrouverions là-haut, dans le lointain de l'inconnu. Tu n'aimerais pas apprendre quelle enfant perdue j'étais devenue. Tu n'aimerais pas non plus apprendre que j'avais pris une décision qui ne me revenait pas. Cependant, et c'était là mon unique certitude, tu m'aimerais toujours : tu me serrerais contre ton cœur en murmurant à mon oreille la phrase consolatrice d'un poète.

Je me suis approchée de la fenêtre. Nous étions au quatrième étage, ce qui me laissait espérer une fin brutale. J'ai enjambé la rambarde et suis tombée à une vitesse sidérante, avec autant de simplicité qu'une petite pierre jetée d'un pont. Au pied de notre immeuble, une plate-bande mal entretenue tentait vaguement d'égayer le blanc sale des murs. J'ai vu le mélange des couleurs, un arc-en-ciel précipité, puis il y a eu cet énorme coup de poing, ce souffle coupé, ce fracas silencieux, cet instant de soulagement.

Ma mère n'a jamais fait de commentaire sur ce qui s'était dit au collège, et je ne lui ai jamais posé la question. Lorsque je me suis réveillée, quatre mois plus tard, sa peau et ses cheveux avaient pris une affreuse couleur grise uniforme. Elle m'a annoncé que nous avions déménagé. Il m'a encore fallu plus d'un an de rééducation en centre spécialisé pour découvrir notre nouvel appartement. Il était lumineux, gai, situé en rez-de-jardin dans une petite résidence modeste de la banlieue ouest. Les meubles étaient neufs. Ma mère avait accroché aux murs des dizaines de photos de mon enfance. Elle parlait, chantait, s'agitait, possédée par l'urgence d'occuper chaque espace, chaque instant, désemparée à l'idée que je puisse à nouveau tenter de mettre fin à mes jours. Et plus elle riait, proposait des sorties, inventait des activités, imaginait des pièges tendres pour me voir sourire, plus je me sentais misérable. J'avais le sentiment d'incarner l'idée même d'échec : quatre étages, et même pas foutue de débarrasser le plancher.

Un professeur est venu chaque jour pour me faire travailler. « Vous êtes un véritable petit miracle, murmurait-il. Quatre étages, pas bien hauts mais tout de même, c'est à se demander si les Noirs sont différemment constitués des Blancs. N'est-il pas notoire que vous êtes plus souples ? »

Maman profitait de sa présence pour quitter la maison, faire les courses, remplir ses obligations extérieures. Je m'appliquais, me concentrais sur mes calculs, mes leçons : au moins pendant que je travaillais mon cerveau cessait-il de ressasser mon désespoir. À ce tarif, je suis rapidement devenue imbattable. Lorsque j'ai réintégré un circuit scolaire traditionnel, je me suis aussitôt emparée de la tête de classe pour ne plus jamais la rendre. J'avais au moins obtenu une chose : au travers de ma réussite en classe, ma mère retrouvait un peu de sérénité. Elle recommençait à se maquiller, se rendait chez le coiffeur, s'habillait à nouveau avec goût. À de rares moments, elle se laissait aller, me prenait dans ses bras, sa main droite collée à ma nuque, et pleurait contre ma joue. Puis elle essuyait ses larmes : « C'est idiot, ma Prudence, vois-tu si je suis sensible, je pleure sans même savoir pourquoi. Mais dis-moi, dis-moi que tu te sens bien. » « Tout va bien, maman, je te le jure. » Nous nous mentions mutuellement avec délicatesse.

La vérité était plus crue. Ma vie s'était arrêtée l'année de mes onze ans, comment aurait-il pu en être autrement ? Par ce mot si souvent galvaudé, ma vie, j'entends ma vraie vie, celle espérée pour moi par ceux qui m'aimaient, celle dont je rêvais petite, faite d'amour, de désir, de grands sentiments, d'aventures, de combats justes. J'avais raté ma mort physique, mais abouti à ma mort psychique. Désormais, je survivais exclusivement pour protéger ma mère d'une souffrance pire que celle déjà infligée.

Elle n'a jamais quitté ce dernier appartement. Aujourd'hui encore elle y cultive son petit bout de jardin, fait pousser des roses aux noms alambiqués et d'autres fleurs anonymes qu'elle vient déposer chez moi lorsqu'elle est sûre de ne pas m'y trouver.

Au moment d'entrer dans l'hôpital pour récupérer Clara, j'ai marqué un temps d'arrêt. Je n'avais plus remis les pieds dans un établissement de ce genre depuis mon accident. Un accident de voiture, c'était la version officielle puisqu'il en fallait une : j'ai conservé plusieurs cicatrices impressionnantes sur les bras et les jambes. Mes multiples fractures ont donné lieu à des dizaines d'opérations. Mon squelette tient grâce à une foule de petites pièces métalliques qui font sonner les portiques d'aéroports et m'interdisent l'oubli, au cas improbable où le cri de mes blessures tenterait de s'assourdir.

L'accès était obstrué par plusieurs camionnettes équipées d'antennes satellites. Un groupe compact de cameramen et de photographes s'agglutinait devant les portes vitrées. Des téléphones sonnaient un peu partout, entrecoupés de klaxons, de voix qui se hélaient, de moteurs vrombissants.

D'un mouvement instinctif, j'ai enfoncé la tête dans mes épaules pour traverser la meute. Le hall était tout aussi agité. Des blouses blanches couraient de droite à gauche, dévalaient les escaliers, claquaient les portes. Le guichet de l'accueil était pris d'assaut par les journalistes et les familles. Il était inutile d'espérer de l'aide dans ce capharnaüm. J'ai tenté en vain de composer le numéro de Clara : le réseau était inaccessible. Je me suis alors engouffrée dans le couloir principal, encombré de civières sur lesquelles gisaient des vieux au regard vide, des enfants inquiets, des femmes enceintes aux traits tirés.

Les panneaux indiquaient la salle d'attente un peu plus loin. Les portes se sont ouvertes violemment, alors que j'étais sur le point d'entrer. « On dégage !!! » a hurlé un aide-soignant géant en poussant vers moi un lit à roulettes muni de barrières antichute. J'ai juste eu le temps d'apercevoir le visage d'un homme grimaçant de douleur et le rouge vif du sang qui s'étalait sur son drap blanc.

J'ai passé la tête dans la salle. Au fond, une femme à demi assise sur un brancard caressait la tête d'un jeune garçon. Une autre femme endimanchée en tailleur pied-de-poule, un peu vulgaire mais l'air gentil, tenait la main de la première. Autour, quelques personnes, à même le sol, s'occupaient à lire ou bavarder.

Clara n'était pas là. Je me suis adressée à la femme en tailleur.

— Excusez-moi, je cherche quelqu'un, sauriez-vous s'il y a une autre salle d'attente ?

— L'hôpital entier est une salle d'attente, a répondu la femme.

— Si c'est pour Realprom, a coupé le garçon, je crois qu'il y a un guichet spécial dans le hall.

J'ai sursauté.

— Realprom ?

Le garçon a froncé les sourcils.

— Bah oui, Realprom.

La femme sur le brancard est intervenue.

— Cette dame n'est pas forcément là pour l'explosion, Paulo.

Realprom. C'est pas vrai. Un truc pareil, je ne peux pas le croire. Tu as mal compris, Prudence.

— Pardon, l'explosion, vous parlez de l'immeuble de bureaux qui a sauté tout à l'heure ?

— C'est ça, c'est Realprom qui a sauté.

— Son bureau, précise le garçon qui gonfle soudain la poitrine avec une sorte de fierté bizarre. Mais elle n'a rien. Presque rien. C'est la seule rescapée ! C'est ma mère.

— Tais-toi, Paulo, a coupé la femme en rougissant. Excusez-le, madame, je suis désolée si vous aviez quelqu'un, d'ailleurs, personne n'est sûr de rien, les médecins sont encore au travail...

— Non, non, je ne venais pas pour ça, en fait, j'ignorais qu'il s'agissait de Realprom... C'est seulement que... Je travaille sur un dossier un peu délicat concernant Realprom, justement.

— Ah, a fait la femme sur le brancard. Vous savez, ça ne m'étonne pas, avec monsieur Farkas, les dossiers ont toujours été délicats.

— Vous travailliez avec Grégoire Farkas ? Directement ?

— J'étais sa secrétaire, a répondu la femme. Alors comme ça, vous le connaissez. Je dois quand même vous dire, j'espère que vous n'étiez pas trop proches : il est mort.

Elle semblait à la fois gênée et satisfaite.

— Nous n'étions pas proches. Je dirige le cabinet de conseil qui travaille pour la banque de Realprom, la Lexis. Enfin, je codirige, pour être précise.

— Alors vous êtes avocate, quelque chose comme ça, non ?

— Moi, ce que j'en dis, a commenté la femme en tailleur pied-de-poule, c'est que le monde est sacrément petit.

Au moment où elle terminait sa phrase, j'ai soudain pris conscience que, pour la première fois, aucune des personnes dans la pièce n'avait sourcillé en entendant ma fonction. Oui, dans cette salle d'attente à la peinture défraîchie, il semblait qu'être noir n'était pas une caractéristique plus étonnante qu'être blonde ou rousse.

— Dites-moi, comment s'appelle votre cabinet ? a repris la secrétaire de Farkas, l'air songeur.

— Protech Consulting, ai-je répondu. Vous voyez de quoi il s'agit ?

— Très bien. Une de vos collaboratrices a fait une demande de documents, il y a quelques semaines. Je m'en suis occupée. Elle s'appelait...

— Victoire. Vous avez sûrement été en contact avec Victoire Milton.

— C'est ça, mademoiselle Milton. Vous savez quoi ? a repris la secrétaire de Farkas. On peut dire que vous tombez bien.

— Ah ?

— En dehors de moi, tous les autres sont morts ou grièvement blessés – maintenant je peux vous le dire, puisque vous n'êtes pas parente. Sans compter ceux qui étaient venus pour la réunion : pareil, morts, ou à peine mieux. Vous imaginez ça ? Pulvérisés. Il ne reste rien des locaux et pas tellement plus des employés. Mise en liquidation, Realprom.

Ses mains s'étaient mises à trembler.

— Ça doit être un choc.

— Oui, mais voilà, a poursuivi la femme. J'ignore ce qui va se passer maintenant. Je ne sais pas à qui m'adresser, et encore moins ce que je vais devenir. Peut-être que vous pourrez m'aider.

— Pourquoi pas, ai-je fait, un peu méfiante – j'avais autre chose à faire qu'à jouer les bons Samaritains.

— J'ai des contrats dans mon sac. Je ne sais pas ce que ça concerne, mais monsieur Farkas leur accordait énormément d'importance. C'était pour la réunion d'aujourd'hui.

Sa voix a fléchi. Elle a réprimé un haut-le-cœur.

— C'est un peu grâce à ces papiers que je suis en vie. Je ne sais pas quoi en faire, alors si vous acceptiez de vous en charger... Il y a peut-être des suites à donner, des gens à prévenir, sans doute même à la Lexis, non ? Je conserve une copie et vous prenez les autres.

Elle s'est à nouveau interrompue.

— Dites, je peux vous faire confiance, hein ? Il faut que quelqu'un s'occupe de ça. Oui, je peux. Ça se voit, pas vrai Paulo ? Au fait, je m'appelle Marylou Mihajilovitch, c'est un peu difficile à prononcer. Paulo, c'est mon fils. Vous avez une carte de visite ? Un papier à en-tête ? C'est pour la forme, hein ? C'est le bon Dieu qui vous envoie alors on ne va pas se compliquer la vie.

Je l'ai observée avec attention. Elle avait quelque chose de profond et de pathétique à la fois, une beauté fatiguée, une humanité. Et un joli prénom.

— Paulo, a poursuivi Marylou. Donne-moi mes affaires.

Le garçon a ramassé un gros sac et l'a posé sur le brancard.

J'ai tendu une carte de visite à sa mère.

— Je m'appelle Prudence Mané. Voici mes coordonnées. Pour les dossiers, je me charge de les faire parvenir à qui de droit. Je vais vous faire une lettre pour confirmer que vous me les avez remis.

— Comme vous voudrez.

Je m'apprêtais à répondre lorsque la porte s'est ouverte. Une infirmière s'est approchée.

— Madame Mihajilovitch ? Le journaliste demande s'il peut vous interviewer maintenant. Comment vous sentez-vous ?

— Ça va aller. Oui, maintenant, je peux, a répondu l'intéressée.

Elle s'est tournée vers son amie. « Nadège, tu restes avec Paulo ? » Puis vers moi. « Il y a cinq dossiers, plus les annexes. Ce sont tous les mêmes, vous verrez, il n'y a que la lettre d'accompagnement qui change, à cause des noms. Laissez-m'en un et prenez les autres. Paulo vous donnera mes coordonnées, pour la suite. Ça ira ? »

— Ça ira, bien sûr. Je vous appellerai demain.

L'infirmière a poussé le brancard vers la sortie. « On y va ! »

Le garçon m'a aidée à sortir les dossiers du sac. Je l'ai remercié.

— Madame, a-t-il lancé tandis que j'allais à mon tour quitter la salle d'attente.

— Oui ?

— Ne la laissez pas tomber, hein.

Il était beau. Je lui donnais onze ans, douze peut-être. Mon cœur s'est pincé un instant.

— Elle va avoir besoin d'aide. Une avocate, c'est super.

J'ignore par quel étrange mécanisme ma main a soudain pris des libertés et s'est posée sur son épaule. J'ignore aussi comment j'ai pu lui sourire, je veux dire, lui sourire de cette manière : de l'intérieur.
— Ne t'inquiète pas, Paulo. Je ne la laisserai pas tomber.

Il était dix-sept heures trente. J'ai senti la chaleur me monter au visage. Il valait mieux y aller. Et puis il fallait retrouver Clara.

# Royal Albert Hall

Ce qui m'a fait le plus de mal – au risque de surprendre –, ce n'est pas d'apprendre que j'étais un enfant adopté, mais plutôt de comprendre qu'il s'agissait d'un fait connu de tous.

J'ai d'abord éprouvé une douleur fulgurante mêlée d'une haine féroce. Je les ai invectivés en silence, l'un après l'autre, mère, père, sœur, beau-frère, neveu, jusqu'à ce que mon cœur s'apaise. Puis j'ai réfléchi. Une minute, deux. J'étais d'un calme surnaturel lorsque j'ai poussé cette porte et embrassé ceux qui constituaient sur le papier mon unique famille. Ont-ils senti quelle sorte de crachat glacé mes lèvres déposaient sur leurs joues ? Dan, peut-être. Il a frissonné.

— Content de te voir, a menti mon beau-frère. Tu as l'air en forme malgré tout.

Clélia a levé les yeux au ciel. Depuis quand a-t-elle cessé d'aimer son mari ? Je ne me souviens pas l'avoir jamais vue tendre avec lui. Chaque fois qu'il parle, elle le considère avec mépris. L'interrompt, souvent. Soupire, sans cesse. Ne se prive pas de l'humilier en public, se plaît à faire de bons mots sur son dos, adore lui tendre des pièges. Elle a la parole facile et aime se mettre en scène. Nul doute qu'elle a choisi le métier de professeur de collège pour s'assurer un auditoire captif et soumis à la fois. Pauvres enfants, offerts à sa cruauté flamboyante, à ce qu'elle nommait ses « punitions créatives ». Aussi tordue et cynique qu'elle l'avait été avec moi durant notre enfance, à s'octroyer la meilleure place, le meilleur morceau, à faire disparaître mes affaires, à voler mes économies et, pire, piocher dans celles de nos parents puis me dénoncer à sa place.

Durant toutes ces années pourtant, je lui ai pardonné d'être ce qu'elle était. Je m'obstinais à lui trouver des excuses, trop jeune, pas assez mûre, trop fragile, trop complexe. J'aimais tant ma mère, et ma mère l'adulait : c'était une raison suffisante. Je me faisais violence.

Maman quant à elle me rappelait sans cesse ma mission : protéger ma sœur envers et contre tout. Mourir à sa place, s'il le fallait. Tu es son grand frère, Albert, ce n'est pas rien. Défends-la de ses ennemis. Garde-la des jaloux. Elle si lumineuse, si spirituelle, intelligente, exceptionnelle. La terre entière lui en voudra d'être une telle réussite.

Tandis que toi, Albert.

Tandis que moi, bien sûr.

Pourquoi n'ai-je pas trouvé la force de me libérer seul de l'injuste contrat ? Pourquoi a-t-il fallu cette tragédie ?

À dix-sept ans tout juste – elle en a treize –, mes parents nous inscrivent en colonie de vacances. Clélia et moi détestons devoir partager nos loisirs, mais nous n'avons pas le choix. Le temps est splendide et, à l'heure du départ, le responsable du groupe promet aux familles réunies un été inoubliable. Alors que je me hisse dans le car, maman me répète encore de veiller sur Clélia. Elle la serre dans ses bras, me gratifie d'une légère tape sur la joue. Au revoir les enfants, soyez prudents, hein ? Amusez-vous bien.

On campe près d'une rivière. L'ambiance est gaie. La nature est belle. Clélia s'est trouvé des copines de son âge, moi j'ai trouvé Ingvar. Il s'exprime mal : il vivait encore en Suède trois mois auparavant. Dégingandé, maigre comme une allumette, une bouche immense et des dents de cheval. Mais ce sourire heureux qui flotte en permanence sur son visage le fait aimer de tous à commencer par moi. Bientôt, nous ne nous quittons plus. Il m'apprend quelques mots de suédois : *solsken*, *smaskig*, *broder*. On rit. Le suédois sonne à mes oreilles comme une succession d'onomatopées tirées d'un dessin animé. Les premières semaines s'écoulent dans le bonheur. Je me sens mieux qu'à la maison, plus libre, moins seul. Ingvar possède un canif sculpté, un soir nous échangeons nos sangs : frère, *broder*. Il m'offre son canif. L'avenir prend soudain un nouvel aspect.

La colonie propose différentes activités. Certaines sont obligatoires, d'autres, facultatives. J'ai renoncé au canoë car Ingvar ne sait pas nager. On joue aux échecs, on s'inscrit au tir à l'arc. Il m'aide à construire des cabanes sophistiquées qui font l'admiration des autres. Je trace les plans, il donne son avis. Je suis carré, il a de la fantaisie : à nous deux, nous créons des merveilles faites de branchages, de mousse, de pierres et de roseaux.

Puis il y a ce matin d'août : le soleil paraît plus radieux encore que les autres jours. Le directeur de la colonie rassemble la troupe et annonce la bonne nouvelle. C'est le jour du parcours dans les arbres. Pour ça, tout le monde est volontaire. On a de la chance et on le sait : les parcours dans les arbres, à cette époque, ça n'existe nulle part ailleurs. C'est là la fierté de la colonie, le point d'orgue, ce pour quoi des enfants se déplacent des quatre coins du pays. « Prêts pour la grande aventure ? C'est parti ! » s'amuse le directeur. La meute pousse des hurlements de joie et se rue sur le départ, tout près d'un chêne centenaire. « Bon voyage ! » lancent le cuisinier et l'économe, qui nous ont accompagnés au pied des arbres, par tradition. Clélia et Ingvar sont juste devant moi. Un hasard : la file s'est constituée spontanément. « J'adore le course en arbre ! » fait Ingvar, avec son accent épouvantable. Il est plus à l'aise qu'un écureuil. Il saute de branche en branche, se joue des obstacles, enroule son corps interminable autour des troncs. On dirait qu'il est en caoutchouc. De temps en temps, il se retourne pour vérifier que je le suis, mais je ne suis pas aussi rapide et peine lorsqu'il faut grimper à une échelle de corde. À plusieurs mètres au-dessus de ma tête, Clélia s'envole elle aussi, danse au milieu du feuillage, me nargue tandis que je glisse, dérape, souffre et m'écorche en contrebas. « Là ! Et là ! » fait Ingvar en m'indiquant les prises à distance, en mimant les bons gestes. Je parviens enfin au filet où s'accrochent en riant les enfants les plus jeunes comme des araignées à leur toile. Clélia pousse de petits glapissements faussement effrayés et se déplace en veillant à offrir son meilleur profil – elle est amoureuse d'un des moniteurs. Ingvar sourit. Je compte mes écorchures. « Go, fait Ingvar, pas encore fini ! » Les acrobaties s'enchaînent jusqu'au pont de bois, au-dessus de la rivière. L'excitation est à son comble. Sous nos pieds, les remous forment çà et là des spirales bruyantes. Ingvar caresse son oreille, « la mussssique, Albert ! ». L'eau chante, gronde, chuchote selon qu'elle se brise sur la rive, s'étourdit dans un tourbillon, s'apaise entre deux obstacles. Derrière moi, des filles trépignent en chantant une rengaine entêtante. Je songe que cet été est doux, improbable, magnifique, mais l'équilibre est si fragile, l'équilibre du pont, la balance de la vie, il suffit d'une fraction de seconde pour que tout éclate, se fragmente, disparaisse, le vert des arbres, le gris des roches, le bleu de l'eau, mes jambes qui se dérobent, mon corps glisse, je cherche un appui mais je ne rencontre que du vide. Mon Dieu, Ingvar !

Le pont s'écroule, précipitant les enfants dans l'eau, découpant la rivière dans une gerbe folle.

Un blanc étrange. Dix secondes, à peine.

Il y a l'assourdissement, le froid de l'eau qui cogne mes temps, empoigne mon cœur. Je bois la tasse, j'ai touché le fond, ce n'est pas la peur qui m'étreint mais l'angoisse qui m'étouffe, de toutes mes forces je frappe le sol mou, je suis à la surface, à ma droite Clélia crie mon prénom, à ma gauche Ingvar ne crie pas, il a les yeux fermés, les doigts crispés, accrochés à une roche, il lutte, je suis à cinq ou six mètres de lui mais je sens son effort, sa concentration, son application à survivre mieux que s'il s'agissait de moi.

— Albert, viens m'aider, hurle Clélia de sa voix suraiguë.

Elle est bonne nageuse. Le courant est soutenu, mais loin d'être indomptable. De nombreux enfants se sont déjà hissés sur la rive.

— Viens m'aider, Albert ! crie encore Clélia. J'ai peur des tourbillons !

Cinq brasses suffiraient pour que j'atteigne Ingvar, seul au centre de la rivière. Mais c'est Clélia que maman m'a demandé de protéger.

En plongeant dans sa direction, je m'efforce de me mentir. Tiens le coup, Ingvar. J'accomplis mon devoir et je reviens te chercher. Tu es fort. Je suis là, *broder*.

Clélia sur la rive, déjà occupée à recoiffer ses mèches trempées. Les hurlements des moniteurs : Ingvar ! L'eau bouillonnante, déserte. Je plonge. Mes yeux ouverts, brûlés par la boue en suspension. Ma peau fouettée par les herbes. Ingvar ! Ingvar ! Une main saisit ma cheville. C'est un des moniteurs, il est furieux.

— Sors de l'eau, Albert !

Je refuse, me débats, je ne reviendrai pas sans Ingvar, pas question, mais le gaillard est puissant et m'attrape par les cheveux : bordel Albert, tu ne crois pas qu'on a assez d'emmerdes comme ça ?

Le corps d'Ingvar est retrouvé deux semaines plus tard, à des kilomètres de là, le visage tuméfié, les membres désarticulés. Je l'apprends par les journaux : nous sommes rentrés à la maison le jour même du drame. Le directeur de la colonie est inculpé, et avec lui le type qui a conçu le pont, celui qui devait l'entretenir, le maire, d'autres encore. Sur les photos, ils semblent tous sincèrement éprouvés. Personne ne fait allusion à moi. Personne ne me désigne. Je n'existe pas. Le seul témoin de ma faiblesse est mort. Ingvar est mort.

La vie reprend là où je l'avais laissée, au début de l'été. J'entre dans ma prison.

— Bonjour, oncle Albert, fait Dan.

Il désigne un plateau en argent sur lequel sont disposés un service à café, du jus d'orange et quelques pâtisseries.

— J'ai pris la liberté de demander un plateau. Je te sers un café ?

— Non merci, Dan. J'apprécie ta sollicitude, crois-le bien.

Son regard change. Il est inquiet. Il n'a pas aimé ma réplique, à moins que ce ne soit ce soupçon d'ironie amère derrière mon sourire. Clélia se crispe à son tour. Le silence s'installe. Vingt, trente secondes, un blanc interminable. Leur embarras est savoureux. Chacun dans sa tête doit se perdre en supputations. Je les fixe l'un après l'autre, intensément. Sous son tailleur bon chic bon genre, le genou de Clélia se met à trembler. Le notaire entre, les bras chargés d'un épais dossier. Il ignore encore que tout cela n'a plus aucun sens. Il croit qu'il va régler l'affaire en une demi-heure, un beau chèque à la clé. Il me serre la main avec une chaleur non feinte.

— Eh bien, dit-il, je pense que nous sommes au complet ?

— Certainement, Maître.

Il s'assied. Son fauteuil de cuir est si large qu'il a du mal à l'occuper entièrement.

— Madame, messieurs, nous sommes réunis aujourd'hui à la demande de monsieur Foehn qui souhaite organiser sa succession.

Les visages s'allument. Clélia réprime un sourire. Lisible comme de l'eau claire. Nous y voilà, pense-t-elle. Il va la cracher, sa fortune. Un chouïa de patience et ce sera réglé, à nous la vie de château, le caviar à la louche, les boutiques chics, les croisières en cabine première classe.

Tandis que les ventres se nouent d'excitation, mon cerveau travaille dur. Je dois faire vite. Être créatif. Le moment est venu de démontrer tes capacités d'architecte, Albert. Prise en compte des champs de force, mesure des résistances, calcul du risque de fissure. Objectif, destruction totale de l'édifice.

— Je vous passe la parole, monsieur Foehn ?

— Merci, Maître.

Encore quelques secondes. Contempler ces trois bouches à demi ouvertes, écouter ces respirations saccadées.

Puis enfin.

— Maître, d'avance, pardon de bouleverser votre dossier.

Figurez-vous, mes chers, que j'ai procédé à une ultime modification. Du tout neuf, du tout frais, à peine sorti de mes cuisines.

Le notaire fronce un sourcil. Bouleverser ? Dans quel sens, monsieur Foehn ? À quel point ?

Au point, Maître, qu'on efface tout et on recommence.

Je me tourne vers ma *famille*.

— Clélia, Frédéric, je sais bien que vous comptez sur ma disparition prochaine pour améliorer votre retraite.

— Voyons, proteste mon beau-frère, que vas-tu chercher là. Nous sommes sincèrement désolés de ce qui t'arrive.

— Tais-toi, intervient Clélia avec aigreur. Laisse-le poursuivre.

— Je ne veux pas vous décevoir. Aussi ai-je décidé de vous laisser après ma mort une rente mensuelle de cinq cents euros.

— Permettez un instant, intervient le notaire dont les yeux semblent vouloir déserter leur orbite, vous avez bien dit cinq cents euros ? Entendez-vous par là une rente pour le couple d'un montant de cinq cents euros ou bien cette même somme pour chacun des deux ?

— Une rente de cinq cents euros versée à ma sœur, cela va de soi.

— Bien, fait le notaire en griffonnant sur son carnet. Autre chose ?

— Le versement de la rente sera assorti d'une contrainte.

Clélia est livide. Ses ongles griffent le cuir de ses accoudoirs. Frédéric est hébété, Dan, tendu. Le notaire soupire.

— Clélia, tu te rendras en Suède chaque dix-sept août pour te recueillir sur la tombe d'Ingvar, l'entretenir, et y mettre des fleurs fraîches. Tu t'en occuperas personnellement, et ceci devant huissier. Tes frais seront pris en charge. En cas de manquement à ton devoir, le paiement de la rente s'interrompra aussitôt. C'est noté, Maître ?

— C'est noté, monsieur Foehn. Ensuite ?

— Dan, dans le fond, tu n'es pas mauvais garçon, mais tu as encore besoin d'apprendre. J'ai pensé à toi. Je veux te faire un petit cadeau, mais l'argent reçu trop jeune est une source de problèmes. Tu perdrais le sens de l'effort. Tu oublierais tes principes. Je veux t'aider à devenir un homme.

C'est drôle, comme tu ressembles soudain à ta mère, Dan. Ton visage est devenu aussi dur que le sien. Tu es prêt à bondir de ton siège, n'est-ce pas ? Mais tu te contrôles, tu sens qu'il ne faut pas, pas maintenant. Tu n'as pas la main.

— Donc voici ce que j'ai décidé pour toi, mon garçon. Je te lègue la jolie somme de cinquante mille euros. Cependant, tu ne la toucheras qu'au décès de ta mère. Ainsi je suis certain que tu auras la maturité nécessaire pour en disposer avec intelligence.

— C'est… C'est…, fait Clélia, tout en se mordant les lèvres pour ne pas prononcer un adjectif qui pourrait mettre fin à notre conversation.

— Ma chère sœur, l'un comme l'autre pouvez refuser cette offre si elle ne vous convient pas.

Cette phrase, c'est un petit plaisir que je m'accorde. Nous savons toi et moi que tu ne refuseras pas, Clélia. Tu as déjà fait le compte : cinq cents euros par mois, ça nous donne six mille euros par an, soit soixante mille par décennie. Et des décennies, tu comptes bien en avoir au moins deux devant toi : tu es du genre ambitieux.

— Monsieur Foehn, reprend le notaire hésitant, si je résume nous avons cinquante mille euros pour Monsieur, cinq cents mensuels pour Madame, mais en ce qui concerne, euh… Enfin… Pour…

— Le reste du magot ? Vous recevrez des instructions dans les jours à venir. J'ai encore besoin de réflexion. Quoi qu'il en soit, nous en avons terminé avec les personnes présentes aujourd'hui.

— Parfait, répond le notaire. Je vais déjà faire rédiger cette partie.

Dan et ses parents échangent des regards de colère froide. Aucun des trois, cependant, n'ose réagir. Ils redoutent de perdre le peu qu'ils ont obtenu. Une miette rapportée à l'étendue de ma fortune, mais une jolie petite somme dans l'absolu. Je me lève et serre la main de l'homme de loi.

— Encore navré de ces changements de dernière minute. Nous nous reverrons bientôt.

— Je vous en prie, monsieur Foehn, je suis à votre disposition.

Puis je me tourne vers le trio :

— Je ne pense pas avoir l'occasion de vous revoir, alors je préfère vous dire adieu.

Je quitte la pièce sans avoir entendu le son de leurs voix.


J'ai marché au hasard en sortant. Ma vie me remontait à la gorge, m'étouffait de cette part sombre trop brutalement mise en lumière. Ce trou béant qui me torturait depuis si longtemps avait donc raison d'être : j'étais un enfant adopté. Pire, un enfant regretté, méprisé au point que l'on n'avait jamais jugé utile de me dire ma propre vérité, quand tous les autres la savaient.

Au moins les multiples réflexions, les attitudes vexatoires, la discrimination que j'avais subies durant toutes ces années venaient-elles de trouver une explication. De même que l'amour fou porté par mes parents à une sœur sans âme, sans dignité et sans esprit mais fabriquée de leur chair et de leur sang. Une sœur qui leur ressemblait. Chaque détail, chaque événement revenait soudain habillé d'un sens neuf. Le peu d'intérêt de ma mère pour mes devoirs, mes amis, mes activités, alors qu'elle surveillait chacun des faits et gestes de Clélia. Ses affirmations définitives sur les garçons qui se fichaient forcément d'être bien habillés (je recyclais les vieilles chemises de mon père) et se trouvaient naturellement plus résistants que les filles (pour lessiver le garage seul pendant que Clélia téléphonait à ses copines).

Et ces éternelles interrogations : de qui pouvais-je tenir mes yeux noirs ? Cette pilosité agressive ? Ma petite taille ?

— Ton arrière-grand-mère avait épousé un Grec.
— Un Grec ? Où l'avait-elle rencontré ?
— Qu'est-ce qu'on en sait. Tu nous fatigues avec tes questions.

Ceux qui avaient prétendu au rôle de parents m'avaient sciemment plongé dans l'obscurité. Était-il possible d'être si lâche et égoïste à la fois ?

Après leur décès, dans un accident de la route, Clélia et moi avions procédé au déménagement. Je me souviens d'avoir pleuré en caressant les photos de famille. Nous avions rempli puis vidé des cartons, trié des centaines de papiers sans que je remarque quoi que ce soit d'anormal. Pas un papier officiel, pas une lettre, pas une boîte à chaussures contenant quelque souvenir. Rien. À l'évidence, toute trace de mon adoption avait été effacée. De quoi me condamner au vide à perpétuité, et encore plus depuis que la génération précédente avait entièrement disparu : ni membre de la famille, ni ami, ni allié survivant qui aurait pu témoigner, livrer ne serait-ce qu'un détail.

Seule Clélia détenait sans doute une partie des clés. Mais d'elle je ne voulais rien entendre : je préférais encore rester dans l'ignorance.

Je me suis posé sur un banc. Mon Dieu. Cœur fébrile, soûlé d'informations, d'interrogations, de doutes. Allons, Albert. Conçois et assume ton éclatante solitude. Vois comme ton petit monde bascule en peu de temps. Tu cherchais une trace à laisser ? Désormais, tu sais que c'est inutile. La trace d'on ne sait qui né on ne sait où ne remuera pas les foules.

Il m'a fallu une heure de plus pour admettre que cette bombe était la meilleure chose qui pouvait m'arriver : sans cet épisode, j'aurais clos mon existence dans le mensonge et dans l'erreur. Au lieu de cela, un voile s'était levé sur mon passé. J'analysais désormais ma faible aptitude au bonheur, cette peur instinctive de l'abandon qui m'avait conduit à devenir ce vieux garçon cynique et aisément désabusé. N'était-ce pas déjà un merveilleux cadeau de départ ?

Il était temps de rentrer. J'ai quitté mon banc et rallumé mon téléphone pour appeler un taxi. Je serais chez moi dans un instant. Je m'allongerais sur mon canapé blanc avec un premier scotch, un deuxième, puis un autre, jusqu'à m'écrouler et dormir. Cesser de penser, ruminer, ressasser, trier. Dodo, Albert.

Le téléphone a vibré : vous avez un nouveau message, aujourd'hui, à quinze heures cinquante. Voix tremblante de Martin. « Je viens de recevoir tes derniers résultats. Rejoins-moi dès que possible. Je t'embrasse. »

Je t'embrasse ? Jamais Martin ne s'était montré si lyrique. Cela au moins avait le mérite d'être clair. L'histoire touche à sa fin, Martin, oh oui je l'ai bien compris, et tel que je te connais, tu es au trente-sixième dessous, bouleversé à l'idée de m'annoncer que ce n'est plus un an, mais six mois, trois mois, une semaine qui me reste à vivre. La bête a fini par me dévorer plus tôt que prévu. Tu t'en veux d'avoir pronostiqué trop large. Tu t'angoisses de ma réaction. Tu crains que je me rebelle, que je m'effondre, que je m'affole, que j'explose. Mon pauvre ami : je suis déjà si fragmenté, si tu savais.

C'était l'heure de sortie des écoles. Des dizaines d'enfants envahissaient les rues, sac au dos, main dans la main de leurs mamans, sautillant, s'amusant, s'échangeant leurs goûters, souriant à l'avenir. Les petites filles étaient en jupe, les garçons en bermuda, qui couraient après les pigeons pour les faire décoller. Il faisait si chaud. Je me suis soudain fait horreur. N'incarnais-je pas la mort parmi cette joyeuse troupe ? N'avais-je pas déjà amorcé ma décomposition ? Viens le plus vite possible, avait dit Martin. Quelle affreuse image avait-il découverte sur les clichés d'examens ?

J'ai baissé les yeux – ne pas croiser le regard d'un des gosses – et j'ai accéléré le pas. Une file de taxis attendait au carrefour suivant. J'ai sauté dans la première voiture, direction l'hôpital, s'il vous plaît.

La conductrice, une femme d'une cinquantaine d'années aux cheveux décolorés, avait l'air maussade.

— C'est qu'il y a plusieurs entrées là-bas, faut voir si je prends par le boulevard ou si j'arrive par le pont. Je vous amène où exactement ? a-t-elle questionné.

— Aux urgences bien sûr : vous ne voyez pas que je vais mourir ?

La femme a pilé.

— Quoi ? Mais c'est le Samu qu'il faut appeler, monsieur, pas un taxi !

— Je plaisantais, voyons. Vous me déposerez à l'entrée principale.

— Quel humour a soupiré la femme. Vous m'avez fichu la trouille. En même temps, pour un mourant, je dois avouer que vous êtes drôlement en forme.

— Je ne vous le fais pas dire.

— De toute façon, a-t-elle commenté, faut toujours que je tombe sur des jobards. Alors pourquoi pas un type qui s'apprête à crever. À propos de morts et d'ambulances, figurez-vous que je pense à me recycler dans le corbillard. Au moins on n'est pas emmerdé par les bavards et c'est payé d'avance.

— Dans ce cas, ai-je conclu, vous devriez me laisser votre carte. On pourrait être amenés à se revoir bientôt.

Nous étions parvenus à destination. J'ai tendu une liasse de billets.

— Gardez tout. Ça vous servira pour votre petite entreprise.

— Mais... a-t-elle tenté.

Les portes automatiques s'étaient déjà ouvertes. J'ai pénétré dans l'hôpital.

— Merci, monsieur, a crié la femme. Et puis, si...

Les portes s'étaient refermées derrière moi. Je n'ai pas entendu la fin de sa phrase.

# Ground Control to Major Tom

Les infirmiers peinaient à pousser le brancard. Ils slalomaient entre des confrères pressés, des civières échouées, des journalistes et un tas de gens hébétés qui s'accrochaient à leurs blouses en citant un nom, en pleurant, en criant. C'est dans ce couloir que j'ai commencé à mesurer la gravité de la situation. La mienne et celle des autres, les deux étant intimement liées.

— Ça va, monsieur ? Vous restez avec nous, hein ? répétait en boucle le grand type noir face à moi. Allez, faut nous parler, faut rester éveillé.

J'avais si froid, je me sentais si mal, fatigué, épuisé, étaient-ce mon corps ou plutôt mon ego et mon âme qui me faisaient tant souffrir ?

— Vous croyez que c'est grave ?

— Non, a répondu l'infirmier. Enfin, je ne crois rien du tout en fait. Vous avez quand même perdu connaissance en salle d'attente des urgences, mais ça va mieux, hein ? Allez, un petit effort. Qu'est-ce qui vous est arrivé au fait ? C'est quoi, le rapport avec l'explosion ?

— Aucun. Je suis tombé à vélo.

Il a eu un regard déçu. J'étais un client beaucoup moins passionnant que tous ces gars pulvérisés devant leurs ordinateurs.

— C'est en voyant vos blessures à la tête... Parce que les éclats de verre, c'est un classique, les vitres sont soufflées, ça s'enfiche partout, vous prenez ça dans le crâne... Enfin, donc, c'est pas votre cas...

Il a soupiré et m'a pris à témoin :

— Vous vous rendez compte, quand même : ces gens qui se sont levés tranquillement ce matin, ils ont bu leur café, ils ont fait leur toilette en sifflotant ou en pensant au film qu'ils iraient voir ce week-end, ils ont pris le métro, ils sont allés bosser, ils se sont assis devant leur bureau comme ils le font chaque jour, ils ont ouvert leurs dossiers et là, boum !

Je me rends compte, oui. Moi aussi, je me suis levé ce matin en pleine forme, j'ai pris mon petit-déjeuner, j'étais amoureux, je m'apprêtais à faire ma demande en mariage, j'ai mangé un excellent homard au déjeuner, j'ai fait l'amour en prenant un café, puis j'ai enfourché mon vélo, je suis entré en collision avec un chien et là, boum ! Ma vie a explosé.

OK, je ne suis pas mort. C'est juste le côté invisible du cœur qui a cessé de battre. Pourquoi, Libby ? Pourquoi m'avoir menti ? Tu n'étais pas obligée de jouer les jalouses, les éprises, les absolues. Si tu avais été franche dès le départ, on aurait pu s'aimer d'une autre manière, sans engager l'avenir. Mais ça n'était pas suffisant à tes yeux. Tu tenais à me posséder entièrement, quelles qu'en soient les conséquences. Tu te moques bien de faire plonger les autres. D'ailleurs, je ne suis pas le premier, oh non. Avant moi, de nombreuses victimes sur ta liste, et pas des moindres, ont cru en ton honnêteté avant d'apprendre qu'elles n'étaient plus d'actualité, qu'elles avaient été trompées, remplacées, reléguées, on remballe et on disparaît discrètement, sans faire d'éclat, sans réclamer, sans déclencher d'hostilités.

J'ai péché par orgueil. Tu m'as dit qu'avec moi c'était différent. Que j'étais différent. Tu m'as dit que les précédents n'avaient pas ma classe. Qu'ils étaient les vrais coupables puisqu'ils avaient été incapables de te garder. Tu as réussi à me faire croire que j'étais le seul qui comptait vraiment, celui auprès de qui le roi du monde aurait paru fade et sans intérêt – cette phrase, elle est de toi. J'ai été si stupide. Je suis si pitoyable. Il y en avait pourtant, des indices. Des preuves. Des démonstrations. Ton amour de l'argent, du confort. Ta manière d'obtenir tout sans jamais rien donner. Tu aurais dû être comédienne, Libby. Personne d'autre que toi ne sait si bien incarner la sincérité. Personne d'autre que toi ne sait si bien promettre. Le futur déborde avec toi, le voilà ton point fort : à ceux qui ont peur du vide, tu dessines un royaume dont l'ennui est à jamais banni.

Je t'ai crue. Je t'ai adorée. Je t'ai adulée. Je t'ai vénérée. Je nous ai imaginés mari et femme. Je nous ai imaginés vieux : toi et moi, le couple idéal. Je pensais avoir trouvé la réponse à mes interrogations. J'avais vécu, appris, essayé, compris pour arriver jusqu'à toi. Mes amours précédentes n'étaient que des brouillons, tu étais le chef-d'œuvre.

Désormais je sais que tout cela n'était qu'illusion, projection, fantasme. Nous n'avons jamais formé un couple. Tu ne vis que dans l'instant présent. Tu prends. Tu voles. Tu absorbes. Tu t'emplis des autres. Tu réponds à tes besoins. Tu assouvis tes désirs. Au fond de toi une petite voix forcément te rappelle que les années passent, que ton corps va se faner, que ta séduction va s'essouffler. Qu'il serait avisé de te poser. Que d'autres femmes plus jeunes, plus fraîches, plus malines vont prendre ta place.

Mais tu fais taire la petite voix : tu verras plus tard. Tu aviseras. Tu repousses l'échéance et tu reprends tes intrigues. Tu as tort. Tu viens de perdre un bon cheval. Dans un an, cinq ans, dix ans, un matin comme un autre tu jetteras un œil autour de toi et tu découvriras un désert.

Boum. Ta vie explosera à son tour, Libby.

— On a trouvé un médecin pour vous examiner, a annoncé l'infirmier en s'engageant dans une petite pièce. En attendant, je vais nettoyer les plaies. C'est votre fils ce beau jeune homme ?

— Non, a fait la voix de Paulo, je suis seulement une connaissance.

J'ai tourné la tête avec difficulté. Le gosse se tenait là, les bras croisés, l'air sérieux comme un pape. C'était idiot, mais le voir m'a réconforté.

— Qu'est-ce que tu fais ici, Paulo ? Tu devrais être avec ta mère ?

— Elle répond à un journaliste.

Du menton, il a désigné l'infirmier.

— C'est moi qui l'ai prévenu, j'ai vu que ça allait pas trop fort.

— Prévenu, a précisé l'infirmier : le mot est faible. Il m'a trouvé à l'accueil général et m'a traîné jusqu'aux urgences. Il est tenace, le gamin. Forcément, j'ai pensé que c'était le vôtre.

— Je n'ai pas cette chance.

J'ai regardé Paulo.

— Ton père doit être drôlement fier de toi.

— Moi, je n'ai pas de père, a rétorqué Paulo.

Il s'est tourné vers le mur. Quel crétin tu fais, Tom. Décidément, tu te goures sur tous les tableaux. Il faut dire que la vie est plutôt mal foutue. Ce petit gars en béton n'a pas de père et moi j'ai un fils, un petit con de vingt-sept ans qui n'entre en contact avec moi que pour être invité au festival de Cannes ou me présenter des factures.

J'ai ma part de responsabilité : du plus loin qu'il m'en souvienne, je l'ai atrocement gâté. Pire, j'ai laissé sa mère en faire une chiffe molle. Sous prétexte de le protéger, elle lui a consciencieusement évité tout effort. Peut-être pour oublier qu'elle et moi nous éloignions un peu plus chaque année, elle s'est enfermée avec Nathan dans une bulle fusionnelle. Résultat, après avoir usé des wagons de professeurs particuliers payés à prix d'or et fait une demi-douzaine de cours privés sans parvenir à décrocher son bac, mon fils répartit désormais son temps entre ses séjours prolongés sur le canapé et ses virées dans des boîtes de nuit branchées où la bouteille de champagne coûte le prix d'un scooter. Ça me rend dingue : est-ce que, sous prétexte qu'on vit dans le luxe, on est obligé de ne rien foutre ? Parfois, dans un accès d'énervement, je lui passe un coup de fil et tente de le secouer : Nathan, il serait temps de préparer ton avenir.

Il ne se laisse pas déstabiliser. Il prétend qu'il y travaille plus que je ne l'imagine.

— Ce que je veux, c'est monter ma boîte. J'ai ma petite idée.

Puis, quelque temps après :

— OK, ça le fait pas. Je vais ouvrir un cabinet d'immobilier. J'ai mon réseau.

Encore plus tard :

— En fait, j'ai un super-plan avec un ami en Chine. Du bijou fantaisie.

Chaque fois, il en profite pour me réclamer de l'argent. Chaque fois, je paie. Parfois, je discute un peu.

— Dis-le tout de suite si tu refuses de m'aider. Tu crois que c'est simple de se lancer dans le business ?

J'ai proposé de l'embaucher dans ma société de production. Je l'aurais confié à Gina, une grande pro qui travaille avec moi depuis quinze ans. Elle l'aurait formé, lui aurait apporté un peu de rigueur, mais bien sûr il a décliné la proposition. Il a un discours bien rodé : il ne veut pas être traité en « fils de », ne supporte pas les structures, il a besoin d'indépendance, c'est soi-disant une question de tempérament. Moi, je le soupçonne d'avoir fait ses calculs : à ma mort, il pourra vivre largement de ses rentes. Or ma mort, statistiquement et au vu de mon style de vie, de ma consommation d'alcool et de mes deux paquets par jour, devrait intervenir aux alentours de ses quarante ans. L'approche est cynique, mais fondée. D'ici là, il entretient comme il peut l'écoulement du temps, il me gère – une de ses expressions favorites. Si j'augmente la pression et que je menace de lui couper les vivres, il fait vibrer la corde sensible.

— OK, je rame pour trouver ma voie, mais explique-moi un peu, t'aurais fait comment, toi, sans le pognon de grand-père ?

— Je gagnais ma vie depuis longtemps à ton âge.
— Il faut croire que c'était plus facile. Tu sais quoi ? C'est toujours plus facile de se sentir fort quand on a bénéficié d'un père qui aide à faire ses exos de maths le soir. Je t'ai pas vu de toute mon enfance, et tu veux m'appliquer la double peine ?

Il a raison sur un point : je suis né chanceux. Famille unie à gros revenus, bonnes écoles, bonnes fréquentations, réseaux efficaces, les bonnes personnes au bon moment. J'ai grimpé très vite les échelons de la réussite sociale. Pour autant, ai-je été heureux ? Je cherche au fond de ma mémoire les moments de joie authentique, les moments de plénitude dans ma vie d'adulte, et je peine à en trouver. Certes, j'ai eu du plaisir, des satisfactions de tous ordres. Je fréquente les meilleurs restaurants, je m'habille chez les couturiers les plus en vue, j'ai couché avec les plus jolies filles, mannequins, actrices, journalistes, je vis dans un appartement splendide avec une terrasse arborée que la moitié de la ville m'envie. J'ai produit des films qui ont obtenu les prix les plus prestigieux, d'autres qui ont décroché le jackpot au box-office. Mais j'ignore à quoi ressemble le grand amour, quant à l'amitié, je ne suis sûr de rien. Les deux seuls moments de ma vie que je puisse associer au sentiment de vrai bonheur sont le jour de la naissance de Nathan et celui, inattendu, où j'ai réussi, en jouant de mes relations les plus haut placées, à faire sortir puis naturaliser et mener jusqu'à la Palme d'or un réalisateur chinois contestataire.

Depuis, Nathan est devenu qui l'on sait. Le réalisateur chinois contestataire vit à Hollywood et tourne des films à gros budget mais n'a pas renié ses combats : j'ai appris que l'essentiel de ses gains alimente un mouvement clandestin d'opposition en Chine : l'honneur est sauf, j'ai de quoi continuer à espérer en l'être humain.

Un homme en blanc, la quarantaine, des lunettes gigantesques posées sur le nez, est entré d'un pas vif.

— Bon, dépêchons-nous, c'est mon patient, c'est bien lui ?

— Oui docteur, c'est ce monsieur.

L'infirmier m'avait fait ôter mes vêtements et enfiler une blouse. Je me sentais aussi faible que ridicule.

— C'est quoi ? a interrogé le médecin en se lavant les mains.

— Une chute à vélo, a répondu l'infirmier.

— Bah, alors ça ne doit pas être bien méchant ; dites donc, vous savez qu'on est un peu occupés au bloc ? Voyons ça.

Il s'est penché sur moi. A froncé les sourcils. Passé la main dans mes cheveux, examiné mon crâne, ma jambe.

— Tout ça, ce sont des blessures superficielles. Comment vous sentez-vous ?

— Très fatigué. J'ai mal au ventre. Je transpire, c'est bizarre parce que j'ai froid, regardez, je suis glacé. Je me sens plutôt mal, docteur.

Le médecin a observé mon ventre, l'a palpé.

— Ici ? Là ?

— C'est douloureux.

— Hum... Hum...

— Qu'est-ce qu'il a ? a demandé Paulo. Pourquoi faites-vous « hum, hum » ?

— Vous allez me l'envoyer à l'écho, a dit le médecin à l'infirmier.

— Maintenant ?

— Oui, maintenant. Je les préviens. Soyez gentil, ne perdez pas de temps, il faut aller vite.

Il s'est tourné vers moi.

— On va faire des examens complémentaires. Vous donnez des signes de... Bref, la chute, elle s'est passée comment ? Vous avez heurté un trottoir ? Vous êtes tombé sur la chaussée ?

Je pédalais sur un nuage, docteur. Je comptais les tournesols, c'était il y a une heure ou deux, non, c'était il y a cent ans, une autre vie, une autre histoire, un autre Tom. J'ai croisé cette fille blonde à l'air godiche qui tenait un chien en laisse, j'ai fait un vol plané et j'ai atterri sur la face nord de la réalité. Depuis je m'accroche, mais j'ai du mal, docteur, je m'interroge, que serait-il arrivé si je n'avais pas eu cet accident ? Qu'aurait répondu Libby devant la bague et les tournesols ? Aurait-elle encore menti ? Aurait-elle demandé à Aline d'être notre témoin ?

Me reviennent en volée ses mille questions sur les conséquences financières de mon précédent divorce. Elle aussi comptait un divorce à son passif, fructueux mais pas suffisant à son goût. Lorsqu'elle avait découvert ce que mon ex-femme avait obtenu, elle avait ruminé durant des heures.

— J'étais trop jeune, avait-elle eu le culot d'avouer. Divorcer avant quarante ans, c'est une connerie. Les juges estiment qu'on a la vie devant soi. Il s'en est bien tiré, ce con.

Le con, Libby me l'a raconté avec une certaine fierté, a fait plusieurs mois en psychiatrie, pardon, en cure de repos. À l'heure qu'il est, soit quinze ans plus tard, il est toujours suivi pour dépression profonde, court d'échec professionnel en échec professionnel et ne s'est jamais remarié. J'aurais dû trouver ça inquiétant, mais j'étais aveuglé d'orgueil. Je laissais Libby décrire les dommages infligés à ses amours passées avec délectation. Ça me flattait de l'entendre humilier ses précédentes conquêtes. Je m'amusais de leur malheur.

Maintenant, je le sais, je ne valais pas mieux qu'elle : on a la femme qu'on mérite.


Le médecin a quitté la salle, l'air soucieux.

— C'est parti, a annoncé l'infirmier. Petit, tiens-moi cette porte, tu veux ?

La douleur s'amplifiait dans mon ventre.

— La radiologie, c'est dans le bâtiment voisin. J'espère que ça va aller.

Une silhouette essoufflée a surgi derrière moi, écartant Paulo.

— Tom ! Tom, ça va ?

Aline ?

— Qu'est-ce que tu fais ici...

— Vous êtes sa femme ? a questionné Paulo.

Ils marchaient à grands pas, l'infirmier en poussant le brancard, Paulo en s'accrochant aux barrières métalliques, Aline en serrant son sac à main contre sa poitrine.

— Pas du tout. En fait, je suis...

Elle n'a pas terminé.

— C'est une amie, Paulo.

— Je voulais prendre des nouvelles. Tu sais, Libby, tous ces mensonges... Enfin, je veux dire... Tout ça, c'est bien fini. Je voulais que tu le saches.

Je voulais que tu saches que toi et moi, enfin... Elle et moi...

Elle s'est soudain adressée à l'infirmier.

— Pourquoi êtes-vous si pressé, il y a un problème ?

— Ne t'en fais pas pour moi, ça va, ai-je menti.

— Tu es si pâle... Tu sais, moi aussi, cette histoire m'a détruite... Si j'avais pu imaginer...

— Bon, a fait Paulo gêné. Puisque vous n'êtes plus seul maintenant, je vais retourner voir maman.

— Vous l'emmenez où, précisément ? a insisté Aline.

— À la radio. Il doit faire une échographie.

— Je vous accompagne, a fait Aline.

Je n'étais pas sûr d'apprécier son geste, mais je n'avais pas l'énergie de le discuter.

— Bonne chance, a lancé Paulo en disparaissant.

— Salut, Paulo, ai-je répondu.

Comme il nous tournait le dos, j'ai ressenti un inexplicable pincement au cœur.

— Il est beau, cet enfant, a fait Aline.

— Il lit Steinbeck...

— Y a plus de générations, a conclu l'infirmier. Ça va trop vite. Bientôt il nous faudra une formation pour suivre nos gamins.


Un matin, au printemps, le soleil inondait la chambre, nous étions tête contre tête, peau contre peau, cœur contre cœur, mèches brunes sur le drap blanc, chant des oiseaux par les fenêtres grandes ouvertes, j'avais laissé tomber cette confidence dans l'oreille de Libby : j'ai toujours rêvé d'avoir une petite fille.

Elle avait haussé les épaules.

— Moi, jamais je n'aurai d'enfant. Faire un enfant, c'est égoïste. On se fait plaisir, on joue à la poupée, et après on le balance dans ce monde de merde, joli cadeau !

Sa vérité était ailleurs. Bien plus tard, un soir où elle rentrait ivre d'un cocktail mondain, elle me l'avait confiée en ricanant.

— Regarde mon ventre, Tom. Regarde cette peau souple, élastique, tendue juste là où il le faut. Ce ventre-là, aucun gosse ne viendra me le pourrir.

Son doigt sur mes lèvres : promis, tu ne diras rien, Tom, ça reste entre nous, hein ? Je ne suis pas politiquement correcte, tu le sais bien, mais avoue que tu aimes ça, tu aimes que je sois ta maîtresse sans scrupule, ton amante idéale, ta parfaite perverse.

La pourriture, elle est en toi, Libby. Dans ton cœur, ton cerveau, dans chaque particule qui te compose, qu'elle soit matérielle ou immatérielle. Au fond, peut-être qu'une sorte d'instinct de conservation de l'espèce t'a poussée à ne pas te reproduire. Ou encore, peut-être qu'un dieu quelconque a jugé bon d'intervenir afin d'empêcher qu'un enfant grandisse entre mensonges et manipulations – ton système personnel de valeurs.

— C'est la gardienne de l'immeuble qui m'a indiqué l'hôpital, a raconté Aline pendant qu'on m'installait à l'échographie. Tu imagines ? Elle pleurait dans sa loge. Elle disait que c'était sa faute.

— Je l'aimais bien.

— Moi aussi.
— Il va falloir nous laisser, madame, a annoncé le médecin.
Aline a ramassé son sac.
— Je t'attends devant la porte, Tom.

L'échographiste était une jeune femme. La trentaine, jolie, les yeux verts, les cheveux châtain clair, un air doux. Elle a palpé mon ventre, étalé du gel.
— C'est bien dur, tout ça, a-t-elle commenté.
Ma peau avait changé de coloration. Elle a commencé à promener la sonde.
— Après l'examen, on va vous faire une prise de sang. Ce sera rapide. Ensuite vous reverrez le docteur Grangé.
— Grangé ?
— C'est lui qui a demandé l'échographie abdominale.
— Ah.
Son visage a changé, tandis qu'elle passait et repassait l'engin. Elle a plissé les yeux.
— Vous voyez quelque chose ?
— Un instant s'il vous plaît.
Elle est restée un moment l'œil fixé sur l'écran, puis a posé la sonde.
— Excusez-moi, je reviens très vite.

L'excuser de quoi au fait ? De m'abandonner seul face à cette machine incompréhensible ? D'être si douce et si tendue à la fois ? Pourquoi avais-je si froid ? Je me sentais de plus en plus lourd, presque pâteux. La pièce m'a semblé soudain plus sombre. Que se passait-il ? On se trompait à mon sujet ! On me prenait pour un de ces gars de l'explosion, on confondait les destins, hé mademoiselle, revenez, je suis tombé à vélo, ça ne peut pas être si grave, j'ai déjà perdu la femme de ma vie aujourd'hui, vous ne croyez pas que c'est suffisant ?

Elle était de retour.

— On vous emmène au scanner : il y a vraisemblablement une lésion intra-abdominale avec hémorragie interne. Je ne vous le cache pas, c'est préoccupant, mais vous êtes au bon endroit, entre de bonnes mains, ne vous laissez pas aller, d'accord ?

Eh bien, Tom, te voici dans de beaux draps. Dans les films que je produis, les hémorragies internes finissent rarement bien. Dans la réalité, c'est encore pire. Diana ? Arafat ? Bruce Lee ? Napoléon ? On peut toujours discourir sur les causes, le résultat est là : hémorragie interne.

La jeune femme poursuit ses explications mais elle emploie un langage médical trop compliqué : je ne comprends rien, les mots sont de plus en plus flous et moi de plus en plus troublé, angoissé, lésion de quoi au fait ?

— Il y a un souci au niveau du rein, on va vérifier ça.

— Un souci ?

Elle ne répond pas, occupée à griffonner sur un grand bloc blanc. Une autre jeune femme pénètre en poussant un petit chariot. « Je viens pour les prélèvements, avez-vous une carte de groupe sur vous, monsieur ? » Ça s'emballe dans la pièce autant que dans ma tête. J'en ai une, oui. O négatif. Elle hoche la tête, l'air désolé. Bon, eh bien on va faire avec.

L'an dernier, j'ai dû effectuer un bilan complet pour l'assurance : j'achetais une villa à Cannes, une folie pure, pas loin des cinq millions d'euros, mais il fallait voir cette beauté, style florentin, cinq chambres avec leur salle de bains privative équipée d'un jacuzzi, ascenseur intérieur, piscine à débordement, une vue somptueuse sur le cap d'Antibes. J'étais en pleine santé, pas la moindre petite tache sur les poumons, à peine un cholestérol à surveiller, mais à mon âge, qui n'a pas ce problème. La seule ombre au tableau d'après mon généraliste : mon groupe. « O négatif, vous avez fait dans l'originalité, mon vieux. Ou plutôt, la complication. Enfin, pas d'affolement, normalement, ils ont des stocks pour les groupes rares. »

J'aimerais qu'on me dise ce qui est prévu pour aujourd'hui : normal, pas normal ?

J'aimerais qu'on me dise ce que je vais faire de cette villa de rêve, seul dans ma piscine.

J'aimerais qu'on me dise comment effacer les trois dernières années. Réinitialiser le programme. Plus de Libby, plus de vélo. D'autres problèmes, d'autres épreuves : je ne demande pas l'impossible. Mais pas ceux-là.

Un infirmier m'a réinstallé sur le brancard. Il était assisté d'un aide-soignant. Deux personnes, ça devenait sérieux, donc. Aline était toujours là lorsque nous avons emprunté le couloir en sens inverse, direction le scanner. Elle a tenté une plaisanterie : elle savait déjà, elle avait dû obtenir une information, sinon pourquoi aurait-elle eu cette mine navrée ?

— Ça ira, Tom, ça ira. Veux-tu que je prévienne quelqu'un ?

Personne, non. Merci de ta sollicitude. Depuis que je t'ai découverte dans les bras de Libby, il n'y a plus personne. Ne crois pas que je t'en veuille, Aline. C'est un simple constat, une histoire cent fois vue, celle du type qui a tellement d'amis qu'il finit par s'apercevoir qu'il n'en a aucun. Prévenir qui, et pourquoi ? À l'heure qu'il est, Nathan se prépare pour une de ses soirées bling-bling, mon ex-femme se fait les ongles en téléphonant à une copine aigrie, mes collègues vaquent à leurs occupations à la fac, mon associé discute d'une production avec le responsable cinéma d'une chaîne de télévision. Ils ont tous mieux à faire que de me tenir la main.

Aline a des larmes plein les yeux.

— Tu es trop sentimentale.

Ceci explique cela, par ailleurs.

— Je reste avec toi, murmure-t-elle, tandis que les couloirs défilent.

La douleur s'accentue brusquement. J'ai soif. C'est urgent. Mes paupières tombent, mon ventre est en bois, je suis un pantin, je refuse de perdre conscience, lutte Tom, lutte ! Les portes battent autour de moi, l'air me glace, ma vue se brouille, je n'ai plus la force, j'entends Aline, « tu vas t'en sortir, Tom », quoi, est-il question de survie ?

Le silence se fait. La dernière image qui me vient à l'esprit, c'est cette fille blonde qui tient un chien en laisse et crie : connard de Tom ! Puis un drap noir s'écroule tandis que je frissonne.

# Dear Prudence

J'ai parcouru l'avenue deux fois, dans les deux sens. Impossible de trouver ma voiture. Étant donné le nombre de flics présents devant les grilles de l'hôpital, je pouvais exclure qu'on me l'ait volée : dans ma précipitation, je m'étais probablement garée sur l'emplacement réservé aux ambulances et elle avait été enlevée. Je n'avais plus qu'à me rendre à la fourrière.

Je me suis dirigée vers la station de taxis. Une quinzaine de personnes attendaient en file. J'ai interrogé la dame qui se trouvait en tête :

— Vous êtes là depuis longtemps ?

— Oh oui. Avec cette explosion, tout est sens dessus dessous. La plupart des taxis qui arrivent jusqu'ici sont déjà réservés pour le retour. Si vous en avez le courage, je vous conseille de marcher jusqu'à la station suivante, ou de prendre les transports en commun. C'est ce que je ferais si je n'étais pas si fatiguée.

Je l'ai remerciée. Un coup d'œil rapide à mon plan de métro m'a appris que je n'étais qu'à vingt minutes de la fourrière, peut-être moins puisqu'on était en pleine heure de pointe. Je me suis hâtée tout en essayant de joindre Clara. En vain : elle était déjà en ligne. Avec Versini ? Comment lui parlerait-il de la réunion ? Allait-il exiger ma tête ? Clara serait-elle assez intègre pour me soutenir ? J'aurais aimé être assez forte pour penser à autre chose, avoir confiance en Clara, en moi, en la vie en somme. Mais alors il aurait fallu être naïve, ou amnésique, ignorer qui était Clara ou être née dans la peau d'une autre.

Le quai était bondé. Je prenais rarement le métro, mais malgré tout cela m'a paru anormal. Je patientais depuis deux ou trois minutes lorsqu'une annonce a été diffusée. « Suite à l'accident voyageur intervenu sur la ligne 8, a fait une voix presque sensuelle, le trafic reste fortement perturbé. Nous vous prions de bien vouloir nous excuser pour la gêne occasionnée. » C'était agaçant, mais pouvais-je me plaindre quand une femme ou un homme venait sans doute de trouver la mort ? Pourquoi certains jours semblaient-ils si propices aux mauvaises nouvelles ? Les victimes de l'explosion, l'accident voyageur, le mépris de Versini réunis en un espace-temps de quelques heures. Sans parler de l'enlèvement de ma voiture ou de Clara injoignable.

J'ai décidé d'attendre. La voix avait employé l'adjectif « perturbé », non « interrompu ». Par chance, un jeune homme venait de laisser un siège vacant juste à côté de moi. Je me suis assise et j'ai réfléchi. Le moment était peut-être venu de reprendre mon avenir en main. Après tout, n'étais-je pas sur le point de démissionner en début d'après-midi ? J'avais analysé le pour et le contre, les moteurs et les freins de ma vie. J'avais mesuré ma rancœur, ma souffrance, la vanité de mon sacrifice. J'avais enfin trouvé la force de relever la tête – jusqu'à la proposition de Clara, qui avait tout effacé. La simple perspective d'une réunion avait suffi à me faire renoncer.

Où donc était passée ma fierté ? Où était l'enfant blessée qui sauta autrefois dans le vide sans crainte et sans regret ? Combien de temps encore serais-je capable de me mentir avec autant d'aplomb ?

Les rails restaient muets. Le panneau d'affichage annonçait la prochaine rame quatre minutes plus tard. Les voyageurs désœuvrés tournaient sur eux-mêmes, fixaient leurs montres, tentaient d'utiliser leur téléphone portable pour la énième fois – à cet endroit, il n'y avait pas de réseau. J'ai sorti de mon sac les dossiers confiés par la secrétaire de Farkas. Un immense « Confidentiel » barrait chacune des couvertures. « Ce sont des copies, avait précisé la secrétaire. Seuls les noms des destinataires ont été modifiés. » J'ai ouvert la première chemise.

Mon cœur a fait un bond. Une liste des intervenants de la réunion occupait la page de garde. En gras et en capitales : Grégoire Farkas, patron de Realprom, Piotr Ryzhkov, magnat russe connu pour son appartenance à la mafia, et Léandre Severino, numéro deux de la Lexis. Les suivants étaient des seconds couteaux, directeurs financiers de chacune des parties.

Le visage épais de Versini et sa voix suffisante m'ont traversé l'esprit. « Je vais donc vous poser la question avec plus de clarté : avez-vous là-dedans de quoi effacer les soupçons qui pèsent sur mon établissement ? »

Mes doigts tournaient les pages avec frénésie. J'avais sous les yeux un parfait montage d'une société écran destinée à opérer des transactions obscures en toute illégalité, transactions dont l'une était d'ailleurs déjà préparée et minutieusement décrite en annexe.

Oh, monsieur Versini, rassurez-vous, il n'y a plus la moindre question concernant votre établissement. Il n'y a plus aucune *conclusion quasi impossible à contester*. La Lexis est mouillée jusqu'au cou, c'est écrit noir sur blanc sur ces papiers qui auraient disparu si la secrétaire de Farkas n'avait pas été en retard, ou si elle avait fait l'effort de mourir comme les autres, ou encore si Clara ne s'était pas révélée allergique à la violette – mais voilà, le destin en a décidé ainsi, monsieur Versini, la secrétaire de Farkas est en pleine forme et ces dossiers *fort* compromettants sont aujourd'hui entre mes mains.

J'ai bondi de mon siège. Cette sensation de porter un trésor, une ceinture d'explosif, un parchemin sacré, une sensation soudaine, improbable, inouïe de gratitude envers un clin d'œil de la vie. « Suite à un accident voyageur… », répétait la voix sirupeuse. Cette fois, mon coup de fil à Clara ne pouvait plus attendre. J'allais lui donner ma version des faits circonstanciée et elle serait drôlement épatée, Clara-je-sais-tout.

Je me suis précipitée hors du métro, j'ai composé son numéro. Enfin, elle décrochait.

— Clara, c'est Prudence, tu ne vas pas en croire tes oreilles.

— Stop ! Prudence, j'ignore ce que tu vas me dire mais j'espère que c'est une bonne nouvelle, parce que cette journée est une sacrée journée de chiotte. Non seulement je me suis transformée en baudruche à cause d'un macaron, non seulement j'ai raté une réunion à deux cent mille euros, oui, on va le facturer deux cent mille, Versini, il veut se payer du luxe, ça coûte cher le luxe...

— À propos de Versini...

— Non seulement, disais-je, je rate cette réunion (ne le prends pas mal, je suis sûre que tu as très bien fait le boulot, Prudence, mais tu sais ce que c'est, les gens aiment avoir le *vrai* boss en face d'eux), donc, je poursuis, écoute-moi bien, non seulement j'ai toutes ces emmerdes mais en plus Victoire m'annonce que Bob a envoyé un cycliste à l'hôpital, tu entends ça ? Cette dinde, infoutue de maîtriser mon molosse de Bob qui mesure dans les cinquante centimètres au garrot ! Mais elle sort Bob en stilettos, alors évidemment, l'équilibre n'est pas au top.

— Clara !!

— Oui ?

Clara, reprends ton souffle. Les deux cent mille euros, tu vas devoir faire une croix dessus. Ton Versini a les deux pieds dedans. La Lexis n'est pas au-dessus de tout soupçon, elle est carrément au-dessous de tout. Elle cautionne le blanchiment. Elle ouvre toutes ses portes et ses coffres à la mafia russe. Elle a fait ça nickel, du grand art, d'ailleurs j'ai passé des semaines à chercher ce qu'on pouvait retenir contre elle, mais rien, absolument rien de valable, que des suppositions, le blindage est parfait, le maquillage sublime, aucune fuite possible, et pourtant. Pourtant !

— Mais d'où sors-tu ça ?

De mon sac, Clara. Eh oui, dossiers confidentiels. La survivante de Realprom, tu es au courant pour Realprom ? Et tu sais le plus marrant dans l'histoire ? Tu étais certainement assise à côté d'elle, tout à l'heure, dans cette salle des urgences. C'est en te cherchant que je l'ai trouvée. Bon, peu importe, c'est moi qui ai récupéré les dossiers. Tu veux les détails ? Les voilà. En long, en large, en travers.

Avoue que les bras t'en tombent, Clara.

Il y a eu un long silence à l'autre bout du fil.

— Clara ?

— Je réfléchis.

— À quoi ?

— C'était une facture de deux cent mille euros, Prudence. Avant que tu découvres ce dossier.

— On n'est plus avant, on est après : je l'ai sous les yeux.

— Justement. Tu l'estimes à combien ? Combien Versini sera-t-il prêt à payer, d'après toi, pour le récupérer ?

— Tu déconnes, Clara.

Ce dossier sent la mort. Les cadavres des supposés signataires sont entreposés dans la chambre froide de l'hôpital. Realprom est détruite et son patron avec. Sans parler de Ryzhkov. De quoi parles-tu précisément, de chantage ? De pression ? De trafic d'influence ? De manipulation ?

— Tu t'emballes, Prudence. Garde ton calme et considère l'enjeu. Tu as parfaitement décrit la situation : tout le monde est mort dans cette histoire. Qui va-t-on léser ? Même pas le fisc ou l'État, puisque cette fameuse société ne verra pas le jour. Tout ce qu'on a à faire, c'est couler ce dossier dans un bloc de béton et l'envoyer au fond de l'eau, enfin, c'est une image.

— Que fais-tu de Versini, qui nous a sciemment fait travailler, soi-disant pour le disculper !

— Il nous a engagées parce qu'on est les meilleures. Il a pensé que si on ne trouvait rien, personne d'autre ne serait en mesure de le faire. Prenons ça comme un compliment et voyons quel parti on peut en tirer.

— Tu veux négocier avec cette ordure ? Mais on fait quel boulot exactement ? Je croyais qu'on s'était promis de garder les mains propres.

— Prudence, par pitié, sois lucide une fois dans ta vie. Si tu veux sanctionner Versini, eh bien prends-lui son fric ! Qu'est-ce que tu préfères, entrer dans une procédure dont rien ne prouve qu'il n'en sortira pas vainqueur – tu sais ce que c'est, un vice de forme par-ci, un scellé disparu par-là ? Ou plutôt le frapper là où ça fera vraiment mal : son compte en banque. On ne parle plus de centaines de milliers d'euros, on parle de millions ! C'est simple : on enterre le dossier, Versini nous ouvre un compte aux Tonga, personne n'est lésé et tu peux oublier ton PEA.

Je suis restée sans voix. Dans ma tête, dans mes tripes soulevées de colère, tout était clair, mais où trouver les mots ? Comment exprimer ce que je ressentais ? Tant de dégoût, et ce sentiment insoutenable de m'être fait berner une fois encore.

Je ne t'aurais pas crue capable d'aller jusque-là, Clara. Je te savais cynique, mais je te croyais honnête.

— Prudence ? Tu es là ?

Je suis là, oui. Enfin, pas complètement. Je suis abasourdie. Ailleurs. J'essaie de raccrocher les wagons.

— Prudence, je t'en conjure, réveille-toi. On est dans la vraie vie ! Notre cabinet a des clients de tous les bords, il y a les bons, les méchants, c'est le métier qui veut ça, non ?

Désolée Clara, je n'ai pas signé pour devenir hors-la-loi. Je suis candide, ça oui je le suis, je l'ai été en tout cas, et longtemps. Mais j'ai des principes. Je ne suis pas prête à les piétiner, même pour beaucoup d'argent.

— Et la petite secrétaire, Prudence, celle qui t'a donné ces dossiers ? Qu'en penses-tu ? Tu ne crois pas qu'elle aimerait vivre au soleil ? C'est toi qui vas lui trouver un boulot maintenant qu'elle n'en a plus ? Parce que chez nous, Prudence, il n'y a aucun poste à pourvoir, tu es au courant ?

On peut se tromper sur les gens, même les plus proches. Mais à ce point, c'était surprenant.

— Tu es ignoble, Clara. Je sens que dans une seconde tu vas me proposer de reverser une partie de la somme à une association humanitaire.

— Very funny, ma chère.

— Je dois te laisser. Au fait, tu as ma démission.

— Prudence ! Arrête ! Ne raccroche pas !

Il n'était pas dix-huit heures. En empruntant une autre ligne de métro, et au prix d'un peu de course à pied, je pouvais atteindre le Palais de Justice en moins de dix minutes. Je n'avais jamais vu le juge, j'ignorais même à quoi il ressemblait, mais les coordonnées de son secrétariat étaient inscrites dans mon carnet d'adresses. C'était amplement suffisant : le nom de Versini serait un mot magique, il allait me recevoir.

Sa secrétaire a répondu dès la première sonnerie. Je lui ai dit, prévenez-le, je dois absolument le voir ce soir, je fais partie de Protech Consulting, c'est à propos de Vernon Versini et de la Lexis. C'est important, vous comprenez ? C'est capital.

Il fait encore chaud, je transpire en courant. Trop de sentiments se bousculent en moi, trop de choses basculent. Il n'est plus question d'être noir ou blanc, mais d'être fort ou faible. J'ai éteint mon téléphone pour être certaine de ne plus t'entendre, Clara. Non que je craigne de céder à tes sirènes, mais pour profiter d'un peu de paix. Tu auras probablement composé mon numéro dix fois, puis, en rage de tomber toujours sur le répondeur, tu auras composé celui de Versini avant de prendre conscience que tu ne peux rien lui dire. Le prévenir que j'ai ce dossier, c'est admettre que le choix de Protech était la pire décision de toute sa carrière. C'est aussi te rendre complice au regard de la loi. Tu connais les conséquences : tu n'oseras pas. Tu vas prier pour que je change d'avis au dernier moment, que je me range à tes arguments. Ou bien qu'un infarctus inopiné me terrasse. D'ici là, tu répondras à Versini d'une voix neutre et polie. Tu abonderas dans son sens lorsqu'il blâmera mon incompétence. Tu expliqueras que je manque encore de rigueur, que tu reprends l'affaire en main.

— Monsieur le juge vous attend, madame.

Les boiseries sont magnifiques, quoique mal entretenues. Le juge Dubois a de la chance : tous les bureaux du Palais de Justice, pour ce que j'en connais, ne sont pas aussi beaux.

— Je vous accompagne.

La secrétaire se lève péniblement de sa chaise. C'est une dame âgée en robe fleurie. Elle a la démarche raide et le regard dur. Elle m'en veut d'arriver à une heure pareille : une juriste aussi pressée d'apporter un dossier, c'est une source de travail supplémentaire qui s'annonce.

— Par ici.

Elle s'apprête à toquer à la porte, une porte majestueuse ornée d'une grosse poignée dorée, mais au moment où sa main s'approche, le battant s'ouvre de lui-même.

— Ah, vous êtes là monsieur le juge, fait-elle tandis que mon cœur se soulève subitement et s'en va fracasser mes tempes.

— Vous…, murmure le juge.

Ne t'écroule pas, Prudence, malgré l'ampleur du choc. Garde les yeux ouverts, mords-toi les lèvres : vérifie que ce n'est ni un rêve ni une hallucination. Que ces taches de rousseur existent bel et bien. Songe aussi que tu peux te tromper. Tant d'années ont passé. Une vie.

— C'est la dame de Protech, pour le dossier Versini, précise la secrétaire en plissant le front.

Bien qu'elle ne puisse l'expliquer en aucune manière, elle sent combien la situation est étrange, inhabituelle, surnaturelle. Elle est mal à l'aise, elle aussi.

Nous nous fixons. Nous nous dévisageons. Je suis incapable de parler. Lui, si.

— Pardon… Vous êtes… Tu es…

Je veux répondre, j'essaie, je rassemble ce qui me reste d'énergie dans un effort violent, mais ça ne vient pas. C'est trop dur.

Violent.

— Prudence ? Non ? Oui ! Tu es Prudence Mané.

Antonin Dubois se tourne vers sa secrétaire.

— Nous avons été camarades de collège. Il y a longtemps, vous pensez.

— Ça alors, répond la dame, quelle coïncidence !
— Si j'avais vu son nom, j'aurais su immédiatement, poursuit-il avec un reproche dans la voix. Mais vous m'avez seulement parlé de Protech.

Qui a déjà fait l'expérience de perdre une bonne quinzaine d'années en une fraction de seconde ? La honte m'explose à la figure comme si c'était hier. Mes jambes sont molles, je cherche une fenêtre, un gouffre, un abîme, c'est plus fort que moi, je cherche une issue, mais il n'y a pas la moindre fenêtre dans cette antichambre, il n'y a plus d'air non plus, plus le moindre atome d'oxygène, j'étouffe, à l'aide !

— Et vous, insiste la secrétaire que la situation passionne soudain, vous n'avez pas fait le rapprochement avec le juge Dubois ?
— Non, je n'ai pas fait le rapprochement.

J'ai pratiqué l'éloignement, au contraire. Des Dubois, il y en a des dizaines, des centaines, des milliers dans chaque ville, je parie que votre boulanger, mon électricien s'appellent Dubois, qu'attendiez-vous, qu'espériez-vous, que je meure à nouveau chaque fois que je croise un Dubois ?

La secrétaire grimace. Antonin demeure immobile.

Ses cheveux ont foncé. Il est plus grand que je n'aurais pu le prédire. La même allure, le même charme, du moins il me semble – au fond j'ignore si c'est une femme de bientôt quarante ans ou une collégienne de sixième qui porte un tel jugement. Sa voix est belle, grave.

Allons, Prudence, ressaisis-toi !

J'ignore ce qui me trouble le plus, de voir surgir ainsi un fantôme du passé, ou bien que ce fantôme se souvienne de moi avec tant de précision, de mon prénom, de mon nom, de mon visage. Il m'observe, me détaille.

— Je vous laisse travailler, intervient la secrétaire.

Antonin me fait signe d'entrer, me précède dans son bureau, s'installe dans son fauteuil.

— Eh bien, assieds-toi je t'en prie.

Il hésite, ouvre la bouche pour parler, se ravise, laisse passer un instant, puis finalement :

— Donc, tu venais à propos de Versini ? J'ai déjà un premier rapport de Protech sur la Lexis.

C'est ça, revenons à la Lexis. Soufflons un peu, d'accord ? J'ai besoin de me recentrer. Cesser d'être Prudence Mané pour n'être qu'un élément de l'affaire Versini. Un élément clé, entendons-nous. Alors, voilà ce que j'ai sous le bras, monsieur le juge. Jette un œil à ce contrat. Tes convictions étaient fondées. Les Russes, la Lexis, Realprom. Le nœud de vipères. Tout est là, tout.

Il parcourt le dossier. Son expression se modifie à mesure qu'il tourne les pages. Il ne s'attendait pas à ça.

— Je te remercie, Prudence. C'est formidable. Tu m'impressionnes.

— Il n'y a pas de quoi. L'assistante de Farkas, la seule à être sortie indemne de l'explosion, m'a demandé de remettre ce dossier à qui de droit.

— Quelle tragédie. Ces gens sont prêts à tout. C'est criminel, ça ne fait pas le moindre doute à mes yeux. Sais-tu que l'enquête sur la mort de mon prédécesseur est toujours en cours ? Personne n'a pu établir la cause exacte de son décès, mais l'empoisonnement est la thèse la plus probable. Je reçois moi-même des menaces à intervalles réguliers.

Il soupire.

— Ça ne m'empêchera pas d'aller jusqu'au bout. Cela dit, grâce à toi, je vais gagner un temps précieux.

— Bien, alors je vais te laisser.

Je m'apprête à partir, mais il me retient.

— Prudence, peux-tu m'attendre dix minutes ? Je vais faire déposer ces dossiers en lieu sûr. Il faut que je te parle.

Me parler ? Pourquoi ? De quoi ? Hé, Antonin, regarde-moi ! Ne vois-tu pas que le passé me tue ?

— Je n'ai pas le temps.

— C'est important, j'insiste. Si tu ne peux pas maintenant, prenons rendez-vous.

Il ne lâchera pas, je le sens à la fermeté de sa main posée sur mon bras.

— Ça va, je t'attends en bas, au café en face du Palais. Mais fais vite s'il te plaît.

En descendant les marches, je sens la colère m'envahir. Pourquoi a-t-il fallu que je le retrouve dans cet habit de juge, dans cette peau d'homme respectueux, prévenant, honorable, avec cette voix douce et déterminée ? Pourquoi n'est-il pas devenu un petit-bourgeois superficiel, un type sans scrupule comme je l'ai si souvent imaginé ? Quelle sorte de dieu décide-t-il d'attribuer des rôles aussi peu mérités dans notre vaste comédie humaine ?

Viens puisque tu insistes. Parle, et disparais.

Le café est animé. Des dizaines d'employés du Palais s'agitent, se lèvent, se bousculent, rient ou pestent. Les conversations se croisent, les mots divorce, faute, procédure, renvoi, audition, examen et bien d'autres encore s'emmêlent, se déchirent, s'affrontent et m'étourdissent plus que les deux bières que je viens d'avaler coup sur coup. Je ferme les yeux un instant.

— Me voici, fait la voix d'Antonin.

— Bon. Alors, qu'y a-t-il de si important ?

L'alcool aidant, j'ai réussi à prendre un ton caustique. Je porte le menton haut, comme me l'a appris mon grand-père. Je le regarde crânement, cet homme qui me fit tant de mal alors qu'il n'était qu'un petit garçon.

Mais Antonin ne s'en offusque pas. Il prend ma main sur la table de bois verni. Il dit : ce qui est important, Prudence, c'est ton image qui m'a poursuivi jusqu'ici. Ton souvenir et mon angoisse. Ta disparition et ma culpabilité. Il m'interroge avec douceur :

— Pourquoi n'as-tu rien dit ce jour-là ? Pourquoi n'es-tu pas venue me cracher à la figure ? Tu aurais su la vérité.

— La vérité ?

— Souviens-toi, Prudence, Laurie t'a demandé...

— Elle m'a donné tes conditions infâmes.

— Ces conditions n'ont jamais existé. Elle les a inventées, imposées. Elle s'est arrogé le droit de parler à ma place. Ça l'amusait. Elle savait que j'étais amoureux. Oui, Prudence, amoureux, je peux bien le dire maintenant, il y a prescription.

La main d'Antonin sur la mienne ; ma bouche sèche, ma respiration coupée.

— Lorsque je t'ai croisée entre deux cours, j'espérais... Mais tu m'as laissé passer devant toi sans un mot...

— J'ai dit oui.

Je le jure Antonin. Je l'ai murmuré, chuchoté, soufflé : d'accord. Mais je l'ai dit : oui.

— Je ne t'ai pas entendue. J'ai supposé que je ne te plaisais pas. Quand tu n'es pas revenue au collège le lendemain, j'ai pensé que tu étais malade. Puis les élèves de ta classe ont su ce qui était arrivé et nous l'ont rapporté. C'est en apprenant ta tentative de suicide que Laurie m'a tout avoué. Elle se sentait coupable. Moi aussi, je me suis senti coupable.

Ma vue se brouille. Sans doute la faute de ces larmes rebelles. J'ai onze ans.

— Nous n'avons jamais su comment ou même si tu t'en étais sortie. J'ai interrogé le proviseur, le gardien de ton immeuble. Personne ne savait, ou plutôt, personne ne voulait parler. Ta mère a déménagé, elle a coupé les ponts. Mais je n'ai jamais cessé de penser à toi. J'ai guetté ton nom partout, en vain. Cent fois j'ai cru t'apercevoir, cent fois je me suis trompé. Et te voilà soudain. À la porte de mon bureau.

Il sourit.

— Et avec un dossier sensible.

Je ne sais plus quoi dire. D'ailleurs je ne sais plus rien, même pas qui je suis. Je me sens morcelée.

À l'extérieur, la lumière a pris une couleur orangée.

Antonin Dubois se penche et prend mon visage entre ses deux mains.

— Merci, Prudence.

# Goodbye Marylou

— Ça fait quoi d'être une miraculée ? a interrogé le journaliste, l'œil brillant.

Vous voulez savoir ? Vraiment ? Eh bien ça vous brûle le cœur. Les gens comme moi, je veux dire les petites gens, on a rarement de la chance. C'est nous qui nous crashons en plein brouillard dans les carambolages, c'est nous qui périssons dans les incendies des hôtels de cinquième catégorie, c'est nous qui sommes contaminés par la vache folle parce qu'on mange des steaks discounts, c'est nous encore qui crevons dévorés par l'amiante des usines. Alors quand par hasard on gagne au loto, enfin c'est une image, vous me comprenez.

Le journaliste exigeait des détails. J'ai expliqué : ça ne tient à rien, une chaîne de petites choses, les photocopies à faire à l'autre bout de la ville, les embouteillages qui engluent le taxi, le métro stoppé par un accident voyageur. J'aurais dû être rayée de la carte avec les autres, mais non, une seule personne s'en tire, et c'est moi. Pas la moindre contusion. Unique dommage collatéral : je n'ai plus de boulot.

— Si vous me donnez l'exclu, a fait le journaliste, vous serez rémunérée.

Il a proposé une somme en s'excusant : c'est peu mais, d'un autre côté, vous n'êtes même pas blessée, le sang ça fait grimper l'audience alors forcément les prix suivent, ce sont les règles du métier.

Je n'ai pas relevé : la somme représentait tout de même trois mois de salaire. Cela me convenait parfaitement.

— D'après les premières constatations, a relancé le journaliste, l'explosion pourrait être criminelle. Qu'en pensez-vous ?

— Rien : je n'étais que secrétaire.

— Ne minimisez pas. Secrétaire du patron, vous avez pu surprendre des conversations ? Voir des notes suspectes ? Vous n'avez rien remarqué ? Ni parmi vos collègues ?

— Désolée, je ne vois pas.

— Très bien, a poursuivi le journaliste en fixant la caméra et en prenant un ton caustique. Madame Mihajilovitch ne sait rien, n'a rien vu, rien entendu, quel dommage pour la personne somme toute la plus proche de Grégoire Farkas. (Se tournant vers moi :) Mihajilovitch, c'est un nom d'origine slave, non ?

— Et votre réflexion, elle serait pas d'origine tordue ?

Était-ce bien moi qui venais de répondre ? La nouvelle Marylou ? Le journaliste a écarquillé les yeux, puis s'est à nouveau tourné vers la caméra. « On peut dire que les rumeurs allaient bon train depuis plusieurs mois, autour d'une possible collusion entre Grégoire Farkas, le sulfureux patron de Realprom, et la mafia russe. On sait par ailleurs que la Lexis, partenaire financier de Realprom, est dans le collimateur du juge Dubois. De quoi alimenter les soupçons des enquêteurs... »

Il a continué son monologue quelques instants, a terminé en rappelant le nombre de morts et de blessés graves, et surtout la nature des blessures qu'il a longuement décrites. Il a déploré avec des accents pathétiques que de nombreuses victimes restent encore à identifier mais a promis qu'il fournirait une liste de noms avant la fin de la soirée. Après quoi, il a donné le signal de départ aux deux techniciens qui l'accompagnaient.

— Allez les gars, on accélère, il va y avoir du montage !

Puis il m'a lancé un clin d'œil vulgaire. « Bonne continuation, madame Mihaetcetera ! »

Tandis qu'il se hâtait vers la sortie, une infirmière m'a raccompagnée en fauteuil.

— Quel charognard, a-t-elle commenté. Vous savez, pendant qu'il vous interviewait, le bilan s'est brusquement alourdi : on a perdu cinq personnes supplémentaires en réanimation. Je n'ai rien dit, il aurait pris ça comme une bonne nouvelle. Il n'a qu'à trouver tout seul son grain à moudre, pas vrai ?

Je n'ai pas eu le loisir de répondre. Paulo venait de surgir près de moi. Il m'a couverte de baisers.

— Eh bien, Paulo, qu'as-tu fait de Nadège ?

— Elle nous attend dans la salle. Tu sais, j'ai suivi Tom un moment.

— Tom ? Tu l'appelles par son prénom ?

Je fais l'étonnée mais je ne le suis pas. Tu es tellement doué pour la communication avec l'être humain, mon Paulo. Tout l'inverse de moi. Tu vas vers l'autre, tu tends la main, tu offres ton épaule du haut de ton jeune âge. Tu n'es jamais déçu – du moins, depuis que tu n'attends plus rien. Parfois, tu me réprimandes. Le mot est faible : tu m'engueules. Tu trouves que je me laisse aller, tu détestes l'idée que je me fais de la vie. Tu regimbes, tu contestes, tu soutiens que la chance ne se présente pas qu'une seule fois.

Aujourd'hui, alors que l'hôpital pleure tant de victimes, tu me regardes amusé, tu fanfaronnes gentiment : qui avait raison, hein, maman ?

Nadège attendait patiemment, assise en tailleur sur une civière abandonnée. Elle avait rapporté des friandises et des boissons du distributeur voisin.

— Ah, vous voilà quand même ! J'ai préparé le dîner !

Pendant que nous grignotions, un aide-soignant est venu annoncer qu'on me préparait une chambre pour la nuit. La salle était plus calme. Paulo a pris un livre dans son sac tandis que Nadège allait téléphoner à son père : elle voulait s'assurer qu'il enregistrerait bien le journal de vingt heures.

Je commençais à m'assoupir lorsque la porte s'est ouverte sur une jeune femme brune, fluette, à la démarche nerveuse. Elle a parcouru la salle du regard et s'est dirigée vers Paulo.

— Je te cherchais.

J'ai levé un sourcil. Paulo ?

— Maman, a fait Paulo. Je te présente Aline, une amie de Tom. Aline, je te présente Marylou, ma mère

La jeune femme a souri, sans conviction. Elle semblait ailleurs.

— Comment va-t-il ?

— Très mal, en fait.

— Comment ça, les examens sont terminés ? Il n'a pas été soigné ?

— Il fait une grosse hémorragie interne. On doit l'opérer mais... C'est compliqué.

— Qu'est-ce qu'il y a de compliqué à opérer dans un hôpital, a protesté Paulo. Il n'y a pas de chirurgien disponible, c'est ça ?

— C'est pire, a répondu Aline en réprimant un sanglot. Il y a des chirurgiens mais il n'y a pas de sang. Enfin, plus assez.

Elle s'est laissée glisser contre le mur.

— Je crois qu'il va mourir.

Paulo a blêmi.

— Mourir ?

— Il est O négatif. Même pour les autres, les stocks sont au bout. Alors là, n'en parlons pas.

Il ne manquait plus que ça pour finir la journée. Paulo m'a lancé son regard le plus intense, celui qu'il me réserve en cas de nécessité absolue.

— Maman.

— Paulo, non.

— S'il te plaît.

— C'est ridicule. Il doit falloir des quantités...

— On n'en sait rien, maman : la seule chose qu'on sait, c'est qu'il va mourir si on n'essaie pas. Il faut faire vite.

— Tu es mineur... les mineurs n'ont pas le droit.

— Urgence vitale, maman, ça peut marcher. On va les convaincre, s'il te plaît.

— De quoi parlez-vous ? a demandé Aline.

— On parle de moi, a fait Paulo. Je suis O négatif.

— Mon Dieu, a frissonné Aline. Vous en êtes sûrs ?

Plutôt, oui. Lorsqu'on avorte à seize ans dans l'arrière-salle d'une clinique belge et qu'on découvre à l'occasion son rhésus négatif, on apprend à composer avec les groupes sanguins. On conjugue ABO et Rh mieux que le présent de l'indicatif. On surveille la grossesse suivante comme le lait sur le feu et on n'attend pas la première crise d'appendicite pour s'inquiéter du groupe de son enfant. Résultat : un Paulo négatif. Pas n'importe quel négatif avec ça : O négatif.

Comme l'a souligné à l'époque la laborantine : un gamin aussi beau, forcément, il fallait bien qu'il ait quelque chose !

Lorsque tu es né, Paulo, j'ai eu une brève pensée pour l'autre : mon non-enfant. J'ai pensé que lui et toi ne formiez peut-être qu'un. Que tu étais le fruit d'un redoublement du destin. T'ai-je ensuite aimé deux fois plus ?

— Maman, il faut prévenir les médecins. Ne perdons pas de temps.

Je n'ai pas envie qu'on te touche, Paulo. Je refuse qu'on te transperce, qu'on te vide, qu'on te saigne, c'est plus fort que moi.

— On n'a pas le choix, maman.

— Il va mourir, répète Aline en se tordant les mains. C'est vrai, O négatif ?

— Maman, bouge. Si on n'essaie pas, on le regrettera toute notre vie.

Ça, c'était le bon argument, Paulo. Des choses que je regrette, j'en ai bien trop accumulé. Pas question d'en ajouter, et encore moins si c'est toi qui dois les porter. On va les prévenir les médecins, je vais donner mon accord, mais attention, un peu, pas trop, hein docteur, vous ne prenez que le strict minimum, pas une goutte de plus, c'est juré ?

Tout est allé très vite. Ils ont emmené Paulo tandis qu'Aline demeurait près de moi. Elle était effondrée.

— Vous connaissez Tom depuis longtemps ? ai-je hasardé.

— Plus ou moins. Pour être franche, je ne suis plus certaine de connaître qui que ce soit en dehors de moi. Et encore, même pour moi, je ne suis plus sûre de rien.

— Vous aussi ?

— Imaginez un peu que ce matin, a poursuivi Aline, je croyais être le seul amour d'une femme. Cet après-midi je lui découvre une double vie : Tom.

— Ah.

— Ce matin je croyais Tom gravement malade alors qu'il se portait comme un charme. Cet après-midi, le voici mourant. Mettez-vous à ma place. J'ai l'impression qu'à chaque minute qui passe, le monde peut s'écrouler et se reconstruire autrement.

— Je connais ce sentiment, ai-je répondu.

— Ça me fait peur, a murmuré Aline. Et puis, je ne sais pas pourquoi, plus Tom approche de la mort, plus je me sens proche de Tom. Et plus je me sens loin de tout.

Elle tremblait.

J'ai caressé ses cheveux.

— Laisse passer la déflagration. Tu verras, bientôt, tu n'auras plus peur de la minute suivante.

# Royal Albert Hall

Depuis que Martin était chef de clinique, on lui avait attribué une deuxième assistante. La première, Bianca, se consacrait essentiellement aux prises de rendez-vous. La seconde, joliment prénommée Mélisande, l'aidait à préparer ses conférences et ses déplacements, organisait ses remplacements et parfois même remplissait à sa place quelques ordonnances. Bianca, très jeune, était introvertie et désarmée face aux malades. Elle parlait en baissant les yeux, trébuchait dans ses phrases dès qu'il fallait prononcer des mots désagréables, tumeur ou récidive, par exemple. À l'opposé, Mélisande, aguerrie par des années d'expérience et un tempérament d'acier, ne craignait pas de plaisanter avec les patients ni d'aborder avec flegme les sujets les plus délicats. À force de nous croiser, nous nous connaissions bien. Je sentais qu'elle avait une forme d'affection pour moi, et c'était réciproque. Nous avions entamé un jeu très personnel le jour où Martin m'avait exposé le résultat des premiers scanners : des images caractéristiques en lâcher de ballons.

Mélisande se trouvait dans la pièce lorsqu'avaient été prononcés les mots fatidiques.

— Eh bien, avais-je souri, j'ignorais que le jargon médical était à ce point métaphorique ! Dites, vous en avez beaucoup du même calibre ?

— Vomissements en fusée, paquet de vers de terre[1], avait répondu Mélisande, aussitôt interrompue par le regard réprobateur de Martin.

Au rendez-vous suivant, alors qu'elle était plongée dans un annuaire professionnel, je lui avais murmuré à l'oreille :

— Rossignol des tanneurs.

— Pardon ?

— Des lésions en forme d'œil d'oiseau, caractéristiques du métier. Autrefois, bien sûr. Et de votre côté ?

Elle avait secoué la tête gentiment, Ah, monsieur Foehn, si vous le prenez comme ça, attention, vous ne serez pas le plus fort.

Le jeu avait duré longtemps, au gré de mes consultations. J'avais planché, elle aussi :

— Maladie des amoureux.

— Valvule en parachute.

— Syndrome de Peter Pan.

— Syndrome de Pickwick.

— De Münchausen !

— D'Ondine !

— Coup de pied de Vénus !

— Museau de tanche !

Lorsqu'il surprenait nos échanges, Martin levait les yeux au ciel.

— Vous êtes faits l'un pour l'autre, c'est sûr.

---

[1]. Paquet de vers de terre : s'emploie pour décrire un cœur en fibrillation ventriculaire.

— Hélas, je suis né quarante ans trop tôt, mon pauvre ami.


Mélisande était au téléphone lorsque je suis arrivé au bureau de consultation. Elle m'a salué d'un grand signe.

— Le docteur Savy n'est pas là, m'a informé Bianca. Il a été appelé au bloc en urgence.

— Je vais attendre. Je ne suis pas pressé.

Non, pas vraiment pressé d'entendre ce que Martin veut m'annoncer. Pour lui, surtout. Je vais devoir le réconforter, lui rappeler que j'ai soixante-dix-huit ans, pas vingt ni trente ! Être direct, le dispenser des euphémismes.

Mélisande avait terminé sa conversation. Elle m'a envoyé un large sourire :

— Ça fait drôlement plaisir de vous voir, monsieur Foehn. Avec l'ambiance qu'on a aujourd'hui !

De toute évidence, elle n'était au courant de rien me concernant.

— J'ai vu ça, Mélisande. Alors, cette explosion ?

— À vous, je peux le dire, les survivants se comptent sur les doigts des deux mains. On les perd un par un. Tout le monde se bat, mais les blessures sont graves, trop. On n'y arrivera pas.

— Martin est sur le pont lui aussi ?

— Eh oui, comme tout le monde... Enfin, il n'y a pas que des mauvaises nouvelles...

— Ah ?

— On a deux miraculés dans les murs : un beau score, non ?

J'ai attrapé une chaise et je me suis assis à côté d'elle.

— Racontez, Mélisande, racontez : j'ai besoin de me changer les idées.

— Eh bien, débute la jeune femme, pour commencer, il y a cette employée de Realprom. La seule qui n'était pas sur place au moment où ça a pété – elle était dans l'ascenseur. Une minute plus tôt, et hop, elle sautait avec les autres. Bah non. Là, état de choc d'accord, mais pas une contusion sérieuse. Vous voyez un peu ? Elle était en retard !!

— Je vois, ai-je murmuré. Moi, c'est l'inverse. Je suis arrivé en avance.

— En avance ?

— Une affaire de famille sans aucun intérêt. Bien, voilà qui nous fait un miracle. Parlez-moi du second.

— Le second, c'est un accident voyageur.

— Un accident voyageur ?

— Vous prenez rarement le métro, monsieur Foehn, sinon vous sauriez de quoi je parle. Les accidents voyageurs, ce sont ces gens qui tombent sur les rails. Enfin soyons clairs, la plupart du temps, ce sont des suicides. Vous savez, se suicider en se jetant sous un métro, c'est tellement stupide !

— Ah bon ? Vous trouvez ça stupide ? Au fait, appelez-moi Albert, ça me ferait un immense plaisir.

— Pourquoi pas. Je disais donc, mais voyons, pourquoi suis-je en train de vous parler de ça ? Si le docteur Savy était là, je me ferais engueuler !

— Continuez, Mélisande, je trouve ça passionnant.

— Les gens croient qu'en se jetant sous un métro, ils vont mourir sur le coup, sans douleur.

Alors que la plupart du temps, ils se retrouvent handicapés. Vous parlez d'une réussite !

— En effet.

— Quant à ceux qui finissent par mourir, en général, c'est ici que ça se passe, après des jours et des nuits de souffrance ! Vous voulez mon avis ? Si les gens savaient à quel point c'est dangereux de se suicider, ils renonceraient.

— Mélisande...

— Oui, bon, d'accord. Je me comprends. Bref, ce garçon...

— Un homme ?

— Trente-cinq ans, pas plus. Ce garçon donc, il est descendu dans la station la plus proche de chez lui, il a sauté devant la première rame qui se présentait : conclusion, il est resté coincé entre la rame et le quai. Je ne dis pas qu'il est en pleine forme, il y a un peu de boulot, mais quand même, il s'en sort, traumatisme crânien léger, quelques fractures et sans doute l'impression d'être passé entre deux rouleaux compresseurs, mais il s'en sort, Albert ! Il est conscient, l'olibrius, il parle ! Le miracle !

Tout dépend, Mélisande. C'est une question de point de vue. Comment va réagir le type qui a eu le courage de se jeter sous une rame et se rate malgré tout ?

— Une perche que vous tend le destin. À sa place, je cours prendre un ticket de loterie.

— Ou la démonstration ultime de l'échec : le raté par excellence, qui rate à la fois sa vie et sa mort.

Elle me trouve pessimiste. J'ai quelques circonstances atténuantes, mais elle n'a pas les paramètres pour en juger.

— Au fait, Mélisande. Puisqu'il parle, qu'est-ce qu'il a dit ?

— Ça, il faudrait demander aux collègues.

Alors demande-leur, Mélisande. Je veux savoir ce qu'il a dans le cœur, ce garçon. Je veux savoir qui il est. Pourquoi ? Trop difficile de t'expliquer, trop long, il faudrait prévoir soixante-dix-huit ans, tu vois bien, c'est impossible. Fais-moi confiance, appelle-les tes collègues, interroge, interviewe, obtiens des réponses. Tu sais quoi, Mélisande ? Son ticket de loterie, on va le lui donner.

— Albert, sauf votre respect, je ne comprends rien à ce que vous racontez.

— S'il te plaît.

Elle a décroché son téléphone. Elle a appelé le service. Voilà Albert, le compte rendu est sans surprise, ex-DDASS, ex-toxico, clean mais sans boulot, une sœur en dépression à l'autre bout du pays. Signe particulier, cette phrase tatouée dans le dos : « La vie d'un homme n'est qu'une lutte pour l'existence avec la certitude d'être vaincu. » Et c'est signé : A. S.

— Arthur Schopenhauer.

— Inconnu au bataillon. En tout cas pas très gai, votre Arthur.

— Un philosophe allemand du dix-neuvième. C'est tout pour notre affaire ?

— Oui. Le gars est descendu dans le métro pour faire la manche, et au lieu de monter dans un wagon, il a sauté.

Elle me tend un papier griffonné. Voilà son nom, le numéro de sa chambre. Il vous faut autre chose ? Encore une toute petite chose, oui. J'ai une télécopie à envoyer : c'est urgent, extrêmement. On ne sait jamais. Tout va parfois si vite. Imaginons qu'il m'arrive quelque chose, là, maintenant, dans une minute. Par les temps qui courent... Je veux être certain. Je veux l'écrire noir sur blanc : Maître, veuillez noter que je passerai à l'étude dès demain. D'ici là, voici l'état civil de la personne que, de la personne qui, voilà le montant que.

— Votre fax est passé, monsieur Foehn. Vous me direz ?

— Bien sûr que je te dirai. Mais c'est à ce garçon que je dois parler en premier, tu comprends ?

— Non. Mais ça ne fait rien.


Je m'apprêtais à partir quand Martin a surgi.

— Pardon Albert, je t'ai fait attendre...

— Aucunement. Mélisande m'a tenu compagnie.

Malgré ses traits fatigués, il était incroyablement souriant.

— Albert...

— Oui ?

Il me prend par les épaules, me secoue, se met à rire, m'embrasse. Je l'arrête : Martin, tout va bien ?

— Tes examens, Albert ! les résultats !

— Oui ?

— Je ne peux pas jurer que c'est définitif : personne ne peut dire si les métastases sont en sommeil ou si elles ont totalement disparu. Mais Albert : plus aucune cellule cancéreuse au poumon. Plus rien, pffuuit ! Un cas sur cent mille, mon vieux !

Dans ma tête, c'est le lâcher de ballons.
Tu t'es gouré, Schopenhauer.
Je serre Martin à l'en étouffer : à soixante-dix-huit ans passés, j'ai encore pas mal d'énergie.

# Ground Control to Major Tom

Je me suis réveillé avec lenteur, par à-coups. D'abord, j'ai vu la chambre tourner autour de mon lit. Puis les murs se sont posés. La fenêtre était ouverte, des oiseaux chantaient. J'ai cherché un instant qui j'étais, où je me trouvais, puis je me suis souvenu.

Je me suis redressé.

Paulo, sa mère, Aline : assis en rang d'oignons.

— Hé, a lancé Paulo, il a ouvert les yeux !
— Tom !
— Paulo, a fait Marylou, va prévenir l'infirmière.

J'avais besoin de me concentrer.

— Il était temps, a poursuivi Marylou. Ça fait deux jours que Paulo fait ses devoirs sur ses genoux. Ce n'est pas l'idéal.

— Pardon, mais pourquoi êtes-vous là ? ai-je questionné.

Elle a eu l'air un peu gêné. Aline a répondu à sa place.

— Le sang de Paulo coule dans tes veines. Alors forcément, il avait besoin d'être sûr que tu te réveillerais.

Ho ho, doucement. Un petit instant. Le sang de Paulo ? Paulo et moi ? Son sang dans mes veines ?

Son sang dans mon sang ? Quelqu'un peut m'en dire plus ?

Aline parle, Marylou parle, Paulo arrive, il parle, l'infirmière parle, ils sont contents, ils se congratulent, et j'apprends quoi dans cette joyeuse cacophonie ?

— Eh bien, vous revenez de loin, monsieur. D'abord, l'hémorragie interne. Ensuite, la malformation qu'on a découverte quand on vous a soigné. Silencieuse, maligne : une bombe à retardement. Enfin, quoi qu'il en soit, c'est derrière vous. Tout est enlevé, l'opération s'est bien passée.

— Je suis bien content que vous soyez en vie, a conclu Paulo.

Oh, Paulo. J'aurais voulu te prendre dans mes bras. Mais il y avait ces perfusions, ces câbles, ce corps affaibli, épuisé. Cette pudeur idiote que je n'ai jamais su faire taire.

— Alors, toi et moi, maintenant, hein ?

— Ben oui, a fait Paulo. C'est comme ça.

Il y a eu un silence. Marylou regardait Paulo qui me regardait. Moi, j'ai regardé Aline. Elle a souri.

— Le moment est venu de vous quitter... Maintenant, je sais que tout ira bien.

— Tu reviendras ?

— Non, Tom. Je ne reviendrai pas.

Elle se penche et dépose un baiser sur mon front. Explique : je passe à autre chose, chapitre Libby terminé et tu en fais partie... Je voulais seulement te dire adieu.

— Ah, et aussi : je me suis permis, j'ai appelé ton associé. C'est lui qui a prévenu ton fils.

— Mon fils ?

— Oui, Nathan. Il est venu aussitôt. Beau jeune homme au fait, félicitations. Peut-être un peu sensible, mais bon. D'ailleurs, il ne devrait pas tarder. Il est parti se changer : après deux nuits à mijoter dans les mêmes fringues, on peut le comprendre.

— Il est super sympa, Nathan, a précisé Paulo.

Un moment j'ai pensé, ce sont ces produits qu'on m'injecte, mon cerveau me joue des tours.

— Je ne suis pas d'accord avec toi, Aline, a ajouté Marylou. Je veux dire, pour le côté sensible. Ce n'est pas parce qu'on est un homme qu'on n'a pas le droit de pleurer dans une situation pareille. Il était inquiet.

Nathan ? Tu étais là ? Tu as pleuré ? Mon Dieu, mais sur quoi, sur qui ?

Les bribes de ton enfance me remontent à la gorge. Mes mensonges m'explosent à la figure. Mes excuses, mes prétextes, mes explications vaseuses.

« Désolé Nathan, je ne peux pas te prendre vendredi mais je te jure, le week-end prochain, promis, craché. »

« Allô Nathan, devine d'où je t'appelle, de l'avion Nathan, oui, je suis en vol ! Un vrai téléphone ! Désolé pour la réunion des profs, mais ne t'en fais pas, ta mère m'a tout raconté. »

« Nathan, tu vas être fou de joie, je te ramène une vraie guitare de Nashville, oui mon vieux, tes copains vont être dingues, tu vois, c'est pas parce que je ne suis pas là pour souffler les bougies que ça m'empêche de penser à mon fils ! »

Combien de fois as-tu entendu l'adjectif « désolé » dans ma bouche ? Combien de déceptions as-tu supportées ? Je t'ai acheté. Je t'ai méprisé.

Je t'ai pourri pour ne pas voir quel père indigne j'étais. Incapable de t'élever. Jamais là quand il le fallait. Je t'ai laissé pousser tout seul et j'ai eu le culot de te faire porter le chapeau quand tu as eu du mal à grandir. Tu as essayé de me prévenir, pourtant. Tu me l'as montré de mille façons. Tu t'es débattu pour t'en sortir, et moi j'ai piétiné tes efforts. J'ai ri de tes initiatives. Je t'ai fait passer pour un sale petit branleur. Ça m'arrangeait de raconter l'histoire de cette manière. Pendant que tu descendais en enfer, je m'enivrais d'une Libby ou d'une autre, je m'admirais dans mon rôle de super-producteur en habit d'intellectuel.

Je me réveille d'un long sommeil, Nathan. Tu me réveilles. Tu as accouru dès que tu m'as su en danger. Tu as dormi et pleuré à mes côtés. Tu ne m'as pas tenu rigueur d'avoir été aussi minable. Si tu savais combien je regrette. Je donnerai tout pour rattraper mes erreurs, oui, ça aussi c'est minable, hein ? Cinquante-sept ans pour en arriver là.

— Il a prié aussi, a murmuré Marylou.

Tu as prié, aussi ?

Si Dieu existe vraiment, qu'il soit remercié de m'avoir conduit si près de la mort. Qu'il soit remercié de m'avoir accordé cette résurrection.

— Cette fois-ci, c'est la bonne : je m'en vais, a annoncé Aline. Salut tout le monde, bonne chance pour la suite.

— Salut Aline, a fait Marylou en l'embrassant.

— Salut Aline, a dit Paulo en écho.

Du bout des doigts, elle a envoyé un baiser.

Marylou a regardé sa montre.

— Il faut qu'on y aille, nous aussi. On n'habite pas tout près.

Paulo a rangé un livre de classe dans son sac. Puis il a enfilé son blouson et m'a tendu la main. Comme un homme.

Je l'ai serrée.

— Salut Tom, à demain ?

— À demain Paulo.

Au moment où il franchissait la porte, je l'ai rappelé.

— Paulo ?

— Oui ?

— Si tu as du mal avec tes exos de maths, apporte-les. Les maths, ou autre chose.

Il a eu un immense sourire en quittant la chambre. J'ai senti ma température grimper d'un seul coup.


— Vous devez être un type bien pour être entouré comme ça, a déclaré l'infirmière peu après en commençant les soins.

— Si vous saviez...

— Bonjour papa.

Dans l'encadrement de la porte, Nathan est là. Il me paraît changé. Vieilli. Il n'a plus cet air de défi qu'il promène habituellement.

— Nathan...

— Tu m'as fait peur.

— Nathan...

— Tu dois te reposer, rester calme.

Il pose sa veste sur le fauteuil. S'approche du lit, m'embrasse. Mon fils.

Il s'assied. J'ai le cœur gros. J'ai envie de pleurer. Je pleure.

J'ai honte.
— Tout va bien, papa, fait Nathan. Tout va très bien. Tu sortiras dans quelques jours. Enfin, si tu es d'accord pour que je m'installe chez toi : dans ton état, les médecins refusent que tu restes seul.

Tout va bien, Nathan.
Merci.
Pardon.
Je suis si fier de toi.
Je t'aime.

# Rock'n Roll Suicide

Pourquoi ce jour-là ? Pourquoi cette seconde ? Pourquoi cet endroit ?

Qu'y avait-il de différent ?

Ni plus ni moins d'espoir. Ni plus ni moins d'avenir. Ni plus ni moins de solitude.

Je n'allais ni plus mal ni moins mal que le jour précédent. Je n'avais pas plus soif ni plus faim. Il ne faisait ni plus beau, ni plus mauvais, ni beaucoup plus chaud que la veille. Les gens n'étaient ni plus sympathiques qu'à l'accoutumée, ni plus désagréables.

J'avais déjà dans la poche près de neuf euros, une somme sans surprise pour une demi-journée de manche. J'ai acheté une baguette et une bière au supermarché, deux filles qui passaient en riant m'ont offert une cigarette. Je l'ai fumée en tirant les bouffées le plus lentement possible, puis j'ai lancé quelques miettes de pain aux pigeons. Ils se sont dandinés autour de moi, ça m'a fait un petit spectacle. J'aurais bien téléphoné à Gabrielle avec ce qui me restait d'argent, mais elle pleurait trop depuis quelque temps et je ne voyais pas comment lui remonter le moral.

Un camion de nettoyage s'est approché. J'ai dû me lever pour éviter d'être arrosé. C'est pour ça que je suis descendu dans cette station, à ce moment précis : je n'avais rien prémédité. Je m'apprêtais à reprendre la manche, c'était la bonne heure, les gens rentraient de déjeuner. Ceux qui mendient savent que la compassion vient plus facilement aux ventres pleins. Je me suis dirigé vers le bord du quai et j'ai visé l'endroit exact d'une porte.

Le métro s'est engouffré dans la station ; j'ai ajusté ma position.

Sans réfléchir, j'ai sauté.

Il n'y a pas grand-chose à décrire : le cœur ne bat même pas plus vite, enfin je crois.

— Mais ça t'a fait mal ?
— Paulo, ça ne va pas de poser une question pareille ? Il t'a déjà raconté cent fois.
— Tu peux poser toutes les questions, Paulo. Moi aussi, j'étais curieux à ton âge.

Le gosse se balance sur sa chaise en sirotant son jus d'orange.

— Alors ? Ça t'a fait mal ?

Une grande claque, c'est le souvenir que j'en ai. Une gigantesque baffe. Une sensation familière. Les os chauds. Qui brûlent. Pas facile à comprendre, les os qui brûlent, hein petit gars ?

— Arrête de te balancer, Paulo, gronde gentiment Marylou, ça va abîmer la chaise.
— Bon, mais alors ?

Ensuite : la sensation d'être ballotté, écrasé, une sensation qui dure une fraction de seconde et un siècle à la fois. Du blanc, un souvenir, une lumière aveuglante. J'ai trois ans et je suis dans les vagues, les grains de sable dans la bouche, dans la gorge, le cri étouffé par la vague, dernière image de ma mère. Non, pas d'image. Une silhouette. Une ombre. La sensation. Le froid.

— Tu as vu ça, Charlie ? Une plage ? Alors, peut-être que tu vivais au bord de la mer quand tu étais petit ?

— Faut croire. Dans le Nord.

— Pourquoi le Nord ?

— C'est là qu'on m'a abandonné, devant la grille d'une usine.

Parfois je me soupçonne d'inventer mes souvenirs. La psychologue m'a expliqué : avant trois ans et demi, en général, on ne conserve rien. Ça s'appelle l'amnésie infantile. Bien sûr, certains *voient que, prétendent que, décrivent que*, cependant, Charlie, je préfère vous le dire : moi, j'en doute.

Quand même, j'ai interrogé Gabrielle à propos de la mer, de la plage. Gabrielle aussi a des réminiscences. Le vent. Les pieds nus dans le sable froid. Mais la psychologue a réponse à tout, selon elle j'ai *induit*. C'est possible.

— De toute manière, on se raconte tous des histoires, affirme Marylou. On se ment quand la vérité n'est pas supportable, c'est humain. Ça doit être pour ça qu'on a inventé l'expression « pieux mensonge ».

Avec elle, tout est si limpide.

— Et après ? relance Paulo qui a de la suite dans les idées. À la fin, après la claque géante ?

— Après, tu l'as deviné : le trou noir. L'écran qui s'éteint. La douleur qui disparaît puis plus rien, rien de rien.

Rien jusqu'à mon réveil, à l'hôpital. En fait, c'est là que j'ai vraiment eu le blues. Se réveiller d'un suicide qu'on n'a pas programmé, quelle merde. Ma première pensée, c'était celle-là : j'aurai jamais le courage de recommencer, quelle merde.

En plus, j'avais vraiment choisi ma journée. L'infirmière qui veillait sur moi masquait difficilement son agacement en parlant avec sa copine : tu te rends compte, Mireille, ces pauvres gens qui ne demandaient rien à personne et sont morts dans l'explosion, et lui, là, alors qu'il était candidat, eh bah non, c'était pas son heure, je te demande un peu, où va se nicher la volonté divine.

Marylou me sourit et son sourire me fend le cœur. De bonheur, je précise.

— Eh bien moi, je dis que tu avais drôlement bien choisi ta journée, Charlie. Regarde un peu ce travail. Il y a de quoi être fier.


Elle n'est apparue qu'en second. Albert m'avait rendu visite le premier, le jour même de ma tentative de suicide. Il s'était assis près de moi et m'avait donné lecture du journal. De temps en temps, il levait les yeux au-dessus de ses lunettes en demi-lune.

— Alors ? Ça va toujours ? Oui ? Bon, je poursuis.

— Un vieil original, avait commenté l'infirmière. Il s'est mis en tête de vous tenir compagnie, si ça vous gêne, surtout, n'hésitez pas à le faire savoir.

J'étais sonné, mes yeux fixaient le plafond, j'avais beau interroger ma mémoire, impossible d'identifier ce monsieur. Que me voulait-il au juste ?

— Je ne te veux rien, Charlie. Ou alors, tout et rien. Comment te dire.

Le deuxième jour, il était revenu avec un homme en costume gris, une serviette de cuir à la main. Il avait signé des tas de papiers devant moi. L'homme en costume avait hoché la tête, tout était encore si flou, il m'avait félicité, salué et s'était aussi sec éclipsé.

— Je t'expliquerai, m'avait rassuré Albert. Tu es encore trop fatigué, fais-moi confiance.

Les jours suivants, il avait continué ses lectures. Nouvelles, correspondances, recettes de cuisine, romans, livres d'enfants, encyclopédie, aphorismes, citations, épitaphes célèbres, philosophie, extraits de presse.

— Ça fait travailler ta concentration.

Par bribes, entre deux chapitres, deux paragraphes, deux phrases, il racontait son histoire, plus folle encore que celles qu'il lisait. Une histoire d'orphelin, de solitude, de destin. Une affaire d'espoir.

Je me suis mis à l'attendre. À guetter son arrivée : à la même heure, à la minute près. J'ai commencé à aimer voir l'infirmière ouvrir les rideaux aux aurores. À râler contre la monotonie du menu. À me donner un coup de peigne, à me raser. À me sentir gai – c'était tellement inattendu.

Un soir, je lui ai demandé s'il pouvait me prêter une montre. Il a décroché la sienne de son poignet et me l'a tendue. « Il y a longtemps que je n'en ai plus besoin pour mesurer le temps qui passe », s'est-il justifié.

Puis, un matin, Marylou a fait irruption dans la chambre.

Elle portait un immense bouquet de fleurs qui cachait à moitié son visage. C'était peut-être mieux ainsi : j'étais déjà assez ébloui avec une seule moitié.

— Je suis venue vous remercier.

— De quoi ?

— De m'avoir sauvé la vie. Je suis la rescapée de Realprom, Marylou Mihajilovitch. Sans l'arrêt de cette rame de métro, autant dire sans vous, je serais morte avec les autres.

J'étais tellement heureux d'entendre ça.

— Ce jour-là, a souligné Albert, nous avons été quelques-uns à bénéficier des largesses de la providence. Au fait, je me présente : Albert Foehn, un ami de Charlie.

— Je devais rentrer au bureau en taxi, a poursuivi Marylou. Mais il y a eu un embouteillage monstre. Je me souviens, le chauffeur était un véritable abruti. Il m'a engueulée parce que je mangeais un sandwich, et moi, je n'ai pas réagi. Je me sentais tellement inexistante. Ça peut paraître anecdotique, mais ça résumait bien ma vie.

— C'est exactement à ça que je pensais au moment de me jeter devant la rame, ai-je lâché. L'inexistence.

— Bref, j'ai laissé mon taxi pour attraper le métro. Et savez-vous ce qui s'est passé ?

— La mort a changé ses plans au dernier moment. On est sortis de la liste, vous et moi.

— Et moi, a glissé Albert.

— Et Tom ! a ajouté Marylou.

— Tom ?

— Un type qui était aux urgences cet après-midi-là, avec une grave hémorragie interne. Sans Paulo, il était foutu.

— Paulo ?

Ses bras virevoltant au gré de ses intonations.
Une ballerine.
Un état de grâce.
Elle a souri et soupiré en même temps – oui, c'est possible.

— Paulo, c'est mon fils. Il m'avait rejointe à l'hôpital. Il est O négatif, le seul groupe sanguin que Tom pouvait recevoir.

— Bien. Je résume, a tenté Albert : pas de Charlie, plus de Marylou. Plus de Marylou, pas de Paulo. Pas de Paulo, plus de Tom. Bel enchaînement Charlie, qu'en dis-tu ?


Je dis Albert que j'ai peur, brusquement. J'écoute cette fille, cet ange, cette fille à visage d'ange, et je panique. Il y a trop de bonheur en jeu. Je crains d'être resté coincé entre quai et métro, d'être victime d'une hallucination pré-mortem, d'un délire provoqué par l'écrasement général de mes neurones. Cette chambre, Marylou, Albert, les infirmières et moi n'allons-nous pas éclater comme une bulle de savon, nous dissoudre dans la réalité ?

Ou bien, suis-je au paradis ?


— Une autre fois, a fait Albert en s'adressant à Marylou, je vous raconterai comment ce jour-là, j'ai moi aussi emprunté un taxi qui a changé le cours de ma vie.

— Le cours de nos vies, ai-je souligné. Pourquoi ce jour-là ? Je me poserai toujours la question.

— Peut-être que le monde a parfois un hoquet, a dit Marylou, songeuse. Il est programmé d'une certaine façon, et puis quelque chose ou quelqu'un décide de tout changer à la dernière minute.

Elle a enfilé sa veste.

— Avec Paulo, on aimerait vous inviter à dîner. Quand vous sortirez d'ici, bien sûr.

Le crépuscule tombait lorsqu'elle a quitté la chambre.

Le regard tendre d'Albert.

La soif de vivre m'a tordu le ventre.

Le temps s'est rafraîchi, l'automne touche à sa fin. Paulo a terminé son jus d'orange.

— Ne restons pas sur le balcon, propose Marylou.

Je ramasse avec elle les verres et les biscuits. Depuis que nous vivons ensemble, j'ai du mal à la quitter, même pour traverser le salon. Je sais bien que c'est idiot : je lui ai promis de faire des efforts. Elle ne m'en veut pas. Elle me taquine.

— Heureusement que j'ai refusé l'offre d'Albert !

Albert a proposé que l'on travaille ensemble à la Fondation Ingvar, mais elle a préféré rejoindre Tom. Il a créé une nouvelle entité avec son fils Nathan. Leur prochaine production s'inspire directement de notre histoire commune.

Paulo m'épate. Il est premier en rédaction. En géométrie, en revanche, il a parfois quelques difficultés. J'aimerais l'aider, mais j'ai quitté l'école à quatorze ans et la géométrie, ça n'a jamais été mon truc. Alors de temps en temps Albert vient passer un moment avec lui. Ils dessinent des immeubles aux formes compliquées. Ils rient beaucoup, aussi.

Ma sœur Gabrielle va déménager. Elle s'installera près de chez nous juste après les vacances. C'est Marylou qui en a eu l'idée. Noël, ce sera dans le Nord. Un hôtel près de la plage. On marchera sur le sable. On ira pieds nus dans les vagues et tant pis si on gèle.

Paulo griffonne sur le coin de la table.

— Au fait, Charlie, est-ce que tu y penses à chaque fois que tu prends le métro ?

— À chaque fois, Paulo. Le pire qui pourrait m'arriver, tu sais, ce serait d'oublier.

Il hoche la tête. Marylou vient s'asseoir entre nous. Elle distribue des baisers, sur la joue de Paulo, sur mes lèvres.

— Si on changeait de sujet, fait-elle. J'ai besoin de vos conseils : je ne sais toujours pas quoi porter pour le mariage de Prudence.

Je l'aime tant.
Quand je pense qu'à une minute près.

Vous avez aimé *Providence* ?
Découvrez les autres titres du même auteur
parus aux Éditions J'ai lu :

Big

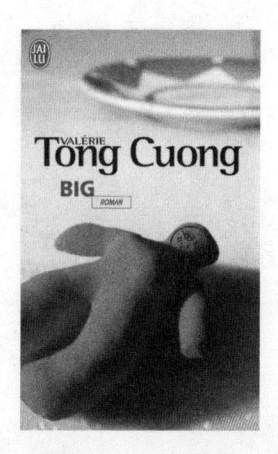

Marianne : cent vingt kilos et un caractère tout en excès. Quand son univers clos se heurte à celui de Georges, SDF, marginal lui aussi, elle démonte un à un tous les mécanismes d'un rêve que son corps lui interdit : celui d'un bonheur simple.

Un roman moderne et noir où chacun, dans sa solitude et sa paranoïa, cherche auprès de l'autre un regard différent dans lequel il pourra s'oublier.

N°4773

Gabriel

Gabriel est à un an de la retraite lorsqu'il se rend compte que sa vie ne le satisfait pas. Alors, il s'échappe de chez lui et s'installe dans une ville voisine, où il s'adonne enfin à sa passion, le chant, qu'il pratique dans un cabaret pour travestis. Mais un soir, un ancien collègue de travail le dénonce à sa famille, qui décide de l'envoyer à l'asile. Traitant des tourments imprévisibles que peut prendre la vie, ce roman revêt imperceptiblement l'aspect d'une invitation, d'un étrange voyage à la lisière de la clairvoyance et de la douce folie.

N°6074

Où je suis

Agnès est une chasseresse. Séductrice avisée, elle appâte, piège, capture, vampirise puis prépare le sacrifice : « C'est aujourd'hui qu'on tue le cochon ». Elle n'a qu'une seule idée : faire payer aux hommes l'obscur drame qui a refroidi son âme quinze ans auparavant. Seulement voilà, c'est elle qui succombe. Juste. Ce prénom résonne en elle comme une promesse. Et Agnès se met à croire qu'elle peut renaître à la vie...

# Ferdinand et les iconoclastes

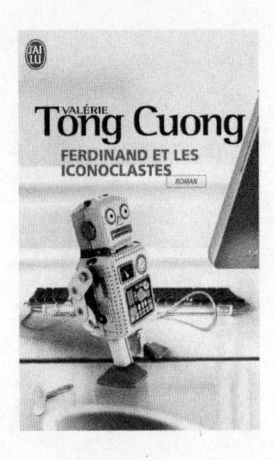

Ferdinand est parfait. Beau, intelligent, récemment diplômé des plus prestigieuses écoles, c'est une recrue de choix pour le grand groupe de cosmétiques HBMB. Doté d'un esprit d'initiative aigu et d'une force de travail exceptionnelle, Ferdinand gravit les échelons à une vitesse vertigineuse. Et pourtant, il étouffe et commence à rêver de liberté pour tous...

N°7874

9237

*Composition*
PCA

*Achevé d'imprimer en Espagne*
*par ROSÈS*
*le 11 février 2011.*
1ᵉʳ dépôt légal dans la collection : février 2010
EAN 9782290014837

**ÉDITIONS J'AI LU**
87, quai Panhard-et-Levassor, 75013 Paris

*Diffusion France et étranger : Flammarion*